新潮文庫

# 舞　姫

川端康成著

新潮社版

718

# 舞姫

## 皇居の堀

東京の日の入りは四時半ごろ、十一月のなかばである……。

タクシイがいやな音を立ててとまると、うしろから煙をふき出した。

炭の俵とまきの袋とを、うしろにつけた車だ。ゆがんだ古バケツもぶらさげている。

あとの車の警笛に振り向いて、

「こわい。こわいわ。」

と、波子は肩をすくめると、竹原に寄り添った。

そして、顔をかくそうとするかのように、手を胸まであげた。

竹原はその波子の指先がふるえているのにおどろいた。

「なにが……？　なにがこわいんです。」

「見つかるわ。見つかりそうですわ。」

「ああ……。」

そうかと思って、竹原は波子を見た。

日比谷公園の裏から皇居前の広場にはいる、交叉点のまんなかで、車のゆききの多い道だし、ゆききの多い引け時だから、二人の車のうしろに二三台とまり、左右を流れる車がつづいた。

うしろにつかえた車がバックすると、その明りが二人の車にさしこんだ。波子の胸の宝石がきらめいた。

波子は黒いスウツの左の胸に、ブロオチをつけていた。細長いぶどうの形で、つるは白金、葉は青いくすんだ石、それに幾粒かのダイヤの実があった。

首飾りに合わせて、真珠の耳飾りもつけていた。

しかし、耳の真珠は髪の毛に見えかくれするほどだった。首の真珠も、白いブラウスのレエスの飾りで、あまり目立たなかった。レエスは白と思えるが、薄く真珠色なのかもしれない。

そのレエスの飾りは、胸の下の方まであったが、やわらかくいいもので、むしろ年齢の気品を添えていた。

そうしておなじレエスのえりが、立てたというほど高くはなく、耳の下あたりからフリルを取って、そのひだは前へ来るにつれて、円みが深まっている。細い首にやさしい波がゆらめいているようだ。

薄明りのなかで、波子の胸の宝石のきらめきも、竹原に訴えるようだった。

「見つかるって、こんなところで、だれに見つかるんです。」

「矢木にだって……。それから、高男にだって……。高男はお父さん子ですから、私を見張ってますのよ。」

「御主人は京都じゃありませんか。」

「わかりませんわ。それに、いつ帰るかしれないわ。」

と、波子は首を振って、

「竹原さんがこんな車に乗せるからよ。竹原さんは昔から、こんなことばかりなさってるのよ。」

しかし、車はいやな音をひきずって動き出した。

「ああ、動いた。」

と、波子はつぶやいた。

交叉点の真中で煙を吐いた車を、交通巡査も見ていたが、とがめには来なかったから、とまっていたのは、ほんの短い時間だったろう。

波子は恐怖がほおに残っているかのように、左手をほおにあてた。

「こんな車に乗せたって、しかられたが……。」

と、竹原は言った。

「人をかきわけて逃げるように、公会堂を出て、波子さんが、そわそわしてるからですよ。」

「そう? 自分では気がつかなかったけれど、そうかもしれませんわ。」

波子はうつ向いた。

「今日だって、うちを出るときに、ふっと指輪を二つはめてみたりするんですの。」

「指輪?」

「そう。主人の財産ですから……。もし主人に出会ったら、宝石がまだある、自分の留守中になくならなかったと思って、矢木はよろこび……。」

と、波子が言う時に、また車はいやな音をさせてとまった。

こんどは運転手がおりて行った。

竹原は波子の指輪を見ながら、

「矢木さんに見つかった時の用心に、宝石をつけてらしたんですか。」

「そう、はっきりじゃなく……、ただふっと。」

「おどろいたもんだ。」

しかし、波子は竹原の声も聞えぬかのように、

「いやですわ、この車……。悪いことがあるわ。こわいわ。」

「ひどい煙を出してますね。」

と、竹原もうしろの窓を見て、

「かまのふたをあけて、火をおこすらしい。」

「地獄の車ですわ。おりて歩いてはいけませんの？」

「とにかく出ましょうか。」

竹原はあけにくいとびらをあけた。

皇居前の広場へ渡る、堀の上であった。

竹原は運転手のところに行って、波子を振り向いた。

「お帰り、いそぎますか。」

「いいえ、よろしいんですの。」

運転手は長い古鉄の棒を、かまの腹につっこんで、がちゃがちゃまわしていた。火を煽（あお）ぐものだろう。

波子は人目をさけるように、堀の水を見おろしていたが、竹原が近づくと、

「今夜はうちに品子がひとりだと思いますの。あの子は、私の帰りがおそいと、どうしてた、どこへ行って来たと聞いて、少し涙ぐみそうになったりしますけれど、心配して言うだけで、高男のように、私を見張ってるわけじゃありませんわ。」

「そうですか。しかし、今の宝石のお話ね、おどろきましたね。宝石はもとからあなたのものだし、やはりこれまで通りに、おうちの暮しのことは、一切あなたの力でやって来てるんでしょう。」

「そうですわ。力はありませんけれど……。」

「あきれた話だ。」

と、竹原は波子の力ない姿をながめて、

「ぼくには、御主人の気持が不可解ですよ。」

「矢木家の家風ですわ。結婚した時から、一日も変らない、習わしですもの。竹原さんも、昔からよく、ごぞんじじゃありませんか。」

波子は言いつづけた。

「結婚前からかもしれませんよ。主人の母の代からの……。母は矢木の父に早く死に別れて、女手ひとつで、矢木を学校へあげて来たんですから。」

「それとは、わけがちがいますよ。また、あなたの、いわば持参金で、楽に暮してい
られた戦争前とは、わけがちがうでしょう。矢木さんにも、わかり過ぎてるはずだ。」
「わかってますわ。でも、人間はそれぞれ悲しみを、背負っていますからね。矢木が
そういうんですの。悲しみがあまり重いと、そのほかのことでは、知っていてわから
ないこと、どうしようもないことも、出来て来ますわ。それは私もおたがいに、そう
だと思いますの。」
「ばからしい。矢木さんの悲しみは、なんだか知らんが……。」
「日本が敗けて、矢木の心の美がほろんだと、いうんですの。自分は古い日本の亡霊
だ……。」
「ふうん。その亡霊の世迷い言で、波子さんの所帯の苦労を、見て見ぬ振りしようと
いう……？」
「見ぬ振りどころじゃありませんの。物の減ってゆくのが、矢木は不安でしかたがな
いの。ですから、私のやり方を監視しているのよ。こまかいお金に、いちいち苦情を
言うのよ。なにもなくなった時に、矢木は自殺するつもりじゃないかと思って、私は
こわいんですの。」
竹原も少し寒けがした。

「それで、指輪を二つ、はめて出られたわけですか……。矢木さんは亡霊どころじゃないでしょうが、波子さんはなにか亡霊につかれているかもしれませんね。しかし、お父さんの卑怯（ひきょう）な態度を、お父さん子の高男さんは、どう見ていらっしゃるんですか。もう子供じゃないでしょう。」

「ええ。悩んでいるようですわ。その点では、私に同情してますの。私の働いているのを見て、学校をやめて働くって言いますけれど、あの子は、父を学者として、絶対に敬い通して来た子ですから、もし父を疑い出すと、どうなりますか、おそろしいですわ。でも、こんな話、こんなところで、もう……。」

「そう。いずれ落ちついて聞きましょう。しかし、あなたが今のように、矢木さんをこわがるのは、見るにしのびないな。」

「すみません、もういいの。ときどき、恐怖の発作が起きるんですわ。てんかんか、ヒステリイみたい……。」

「そうですか？」

竹原は疑わしげに言った。

「ほんとう。車のとまったのが、いけないのよ。もうなんともありません。」

と、波子は顔をあげて、

「きれいな夕やけですわ。」

その空の色は、首飾りの真珠にも、うつるようであった。

午前は晴れて、午後は薄雲の出る日が、二三日つづいていた。ほんとに薄い雲で、入日の西空は、雲が夕もやに溶けこんでいた。しかし、もやの夕やけに微妙な色合いのあるのは、雲のせいらしかった。

夕やけ空は煙るように垂れて、昼間の温かさを、ぽうっと甘くつつんでいたが、そのなかにもう秋の夜冷えが通りはじめていた。夕やけのあかね色も、ちょうどそんな感じだった。

あかね色の空は、濃く朱がかったところもあり、薄く紅がかったところもあり、それに薄紫や薄あい色のところも、少しあった。もっとほかの色もあって、夕もやのなかに溶けあい、じっと垂れているように見えながら、色は早く移ってゆき、消えてゆきそうであった。

そして、皇居の森の木末（こずえ）に、一筋のリボンのように、青い空が細く残っていた。

その青い空には、夕やけの色がみじんもうつっていない。黒く沈んだ森と赤くよどんだ夕やけとのあいだに、あざやかな切れ目を描いて、その細い青空は遠くに見え、静かに澄んで、かなしいようであった。

「きれいな夕やけですね。」

と、竹原も言ったが、波子の言葉をくりかえしたに過ぎない。

竹原は波子が気がかりで、夕やけはこんなものだと思っただけだ。

波子は空を見つづけていた。

「これから冬にかけて、夕やけが多いですわ。子供のころを思い出すような、夕やけじゃありませんの？」

「そう……。」

「冬の寒いのに、表で夕やけを見ていて、かぜをひくからって、しかられたものですわ。ああ……、私ね、夕やけをじっと見ていたりするのも、矢木の感化かしらと、思うことがありますけれど、子供の時から、そうでしたのね。」

と、波子は竹原を振り向いて、

「でも、やはり、妙なところがあるわ。さっき、日比谷の公会堂へはいる前にも、いちょうの木が四五本、公園の出口にも、いちょうが四五本ありましたでしょう。同じくらいの木がならんで立っていながら、黄ばみ加減が木によってちがいますし、葉の多く落ちたのや、少く落ちた木がありましたでしょう。こんな風に、木にもそれぞれの運命があるのかしら……。」

竹原はだまっていた。

「いちょうの木の運命を、ぼんやり考えてる時に、車ががたがたととまったのよ。びっくりして、こわくなりましたの。」

と、波子は車を見た。

「直りそうにないわ。待つにしても、そばに立ってると人が見るから、向う側にいきましょう。」

竹原は運転手にことわって、金を払いながら振りかえると、波子はもう道を横切っていた。明るく若い後姿だ。

向うの堀の突きあたりの正面、マッカアサア司令部の屋上に、つい今まで、アメリカの国旗と国際連合の旗とが、あったと思うのに、なくなっていた。ちょうど旗をしまう時間なのだろう。

そして、司令部の上の東の空は、夕やけがなくて、薄雲が高く散っていた。

波子の感情が動きやすいのを、知っている竹原は、きびきびした後姿を見て、波子が自分で言うように、「恐怖の発作」は消えたのだろうかと思った。

竹原も向う側に渡ると、

「車の流れを、あざやかに横切りますね。やはりさすがに、踊りの呼吸ですか。」

と、軽く言った。

「そうでしょう。からかってらっしゃるの？」

そして、波子は少しためらうように、

「私も一つだけ、からかっていいかしら……？」

「ぼくをね？」

波子はうなずいて、うつむいた。

司令部の白い壁が、真正面から、堀にうつっていた。その窓の燈(ひ)もうつっていた。

しかし、建物の白い影はうすれて、こうしているまに、燈の影だけが、水の上に残りそうであった。

「竹原さん、あなたはおしあわせですか。」

と、波子はつぶやいた。

竹原が振り向いて、だまっていると、波子は顔を赤らめた。

「もう今は、私に、そうおっしゃって下さらないの？　昔、なん度もそう聞いて下さったわ。」

「そう、二十年前にね。」

「二十年ほど、聞いて下さらないから、今度は、私が聞いてさしあげますわ。」

「それで、ぼくをからかったことに……?」

と、竹原は笑って、

「今は聞かなくても、わかっていますから。」

「昔はおわかりにならなかったの?」

「それもまあ、わかっていたから、聞いたようなものですね。幸福な人に、あなたは幸福かと、聞くことはないでしょう。」

と言いながら、竹原は皇居の方へ歩き出した。

「波子さんの結婚が、ぼくはまちがっていると思ったから、結婚前にも、結婚なさってからも、聞いたわけですよ。」

波子はうなずいた。

「しかし、あれはいつでした。スペインの女の舞踊家が来た時ね、結婚なさってから、五年目ぐらいですか。日比谷公会堂で、偶然お会いしたことがありましたね。波子さんの席は、二階の前の方の招待席、あなたのバレエの仲間がいるし、御主人がいっしょだった。ぼくはうしろの方の席で、かくれるようにしてたんです。ところが、波子さんはぼくを見つけると、つかつか上って来て、ぼくの隣りにすわった。その席から動かない。御主人やお友だちに悪いから、元の席へおかえりなさいと言うと、ただ、そばにすわらせておいてくれ、だまっておとなしくしてるから……。あなたはそう言って、終りまで二時間ほど、隣りの席にじっとしてたでしょう。」

「そうでしたわ。」

「ぼくはおどろいたな。矢木さんが気にして、ときどきこっちを見上げても、あなたは下りてゆかない。あの時、ぼくは迷ったんですよ。」

波子は一足後れるように、ふと立ちどまった。

皇居前広場の入口で、立札が竹原の目について、

(この公園はみなさんの公園です。きれいな公園にしておきましょう。……)

「ここも、公園ですか。公園ということに、なったんですか。」

厚生省国立公園部の立札を読んで、竹原は言った。

波子は広場の遠くを見た。

「うちの高男や品子も、戦争中、小さい中学生女学生で、ここへ、土運びや草取りに、学校から通ったんですよ。宮城前へ行くというと、矢木は子供たちに、体を冷水で清

めさせてましたわ。」

「あのころの矢木さんなら、そうでしょうな。その宮城も今は、宮城と言わないで、皇居というようですね。」

皇居の上の夕やけは、おおかた薄れて、灰色がひろがり、かえって逆の東の空に、昼の明りが残っていた。

しかし、皇居の森をふち取るような、細い青空は、まだ消えなかった。鉛色を帯びて、なお深まっていた。

森の小高い松が三四本、その細い空を抜け出て、夕やけのなごりのなかに、松の姿を黒く描いていた。

波子は歩きながら、

「日の暮れるのが早いわ。日比谷公園を出る時は、議事堂の塔が桃色に染まってましたわ。」

その国会議事堂は、もう夕やみにつつまれて、上に赤い燈が点滅していた。

右手の空軍司令部や総司令部の屋上にも、同じ赤い燈が点滅していた。

総司令部の窓明りは、堀の土手の松越しにも、きらめいて見えたが、その松の下に、あいびきの人影が薄暗く、幾組も見えた。

波子はためらうように、足をとめた。さむざむとした、あいびきの影絵が、竹原も目についた。

「さびしいから、向うの道へまわりましょう。」

波子が言って、二人は引き返した。

あいびきの人影を見て、自分たちも、あいびきの形で歩いていることに、二人とも気づいたわけだ。

竹原は波子を東京駅へ送る途中、車が故障したから、歩いているのだが、日比谷公会堂の音楽会に、波子が電話で誘い出したのだから、はじめからあいびきにちがいない。

しかし、二人とも四十を過ぎていた。

過去を語ることが、愛情を語ることにもなった。波子の身の上相談も、愛の訴えに聞えた。それだけの年月が、二人のあいだに流れていた。この年月は、二人のつながりでもあり、へだてでもあった。

「迷ったって、おっしゃったの、なにをお迷いになったの？」

と、波子は話をもどして聞いた。

「そう、あの時ね……。ぼくは若かったから、あなたの心理の、判断に迷ったんですよ。矢木さんをほっといて、ぼくのそばにすわり通すのは、ずいぶん大胆不敵な行動ですからね。こんな思いきったことを、波子さんがどうしてするのか。考えてみると、あなたは前から、激しい感情を出して、人をおどろかせる時があった。それかと思ったんです。そうにはちがいなかったんでしょうが……。」

「さっき、波子さんは自分で、発作と言ったが、あの時もさっきも、もし感情の発作だったとするると、大変なちがいですね。あの時、そこにいる御主人を、無視したような人が、今日は、京都にいるはずの御主人を、あんなに恐怖するんだから……。」

竹原は言った。

「あの時、そっと公会堂からつれ出して、二人で逃げてしまえば、よかったんでしょうか。ぼくはまだ結婚していなかった。」

「でも、私はもう子供がありましたわ。」

「しかし、それよりも、波子さんの幸福などというものに、ぼくもまちがって、とらわれていたのかもしれませんね。あの時代の、ぼくの若さでは、いったん結婚した女の幸福は、その結婚のなかでもとめるしかないと、信じさせられていて……。」

「今だって、そうですわ。」

「そうですが、そうでもない。」

と、竹原は軽く、また強く言って、

「しかし、あの時は、矢木さんのそばを離れて、ぼくのそばにいらしたのも、あなたの結婚が幸福で平和だから、出来るんだろう。矢木さんを信頼して、安心しているから、こんな感情のわがままが、ゆるされるんじゃないか。ぼくはそうも思ったんですよ。ただ、ぼくを見て、ふとなつかしくなっただけだ。ぼくのそばへ来ることに、あなたは矢木さんにたいして、やましいものを感じない。それにしても、じっとすわり通してるのは変だ。あなたはなにも言わない。ぼくはあなたの顔を、見てはいけないような気がして、横も向けなかった。あの時、ぼくは迷ったんですよ。」

波子はだまっていた。

「矢木さんの外見も、僕(ぼく)を迷わせたんですね。あの通り、温厚な美男子で、あの人を見ていると、奥さんが不幸だなんて、だれも想像がつきませんからね。幸福でなかったら、奥さんが悪いと思われる。今もそうでしょう。あれは、おと年か、その前の年か、ぼくがお宅の離れを借りていたころ、いつか電燈(でんとう)代がないとかで、ぼくの月給袋を渡してあげると、あなたはぽろぽろ涙をこぼして、月給袋の封が切ってないと言う……。あなたは結婚してから、一度も、主人の月給を見たことがないと言う……。ぼくはおどろきましたが、その時だって、あなたのこれまでのやり方が、悪かったせいだと、まず思いましたからね。それほど、矢木さんは立派に見える。まして昔は、あなた方二人が通ると、人が振りかえったものでしょう。結婚の出発がまちがっていると、僕が思っても、おしあわせですかと聞くのは、自分の目を疑うようでね。波子さんが答えないのは、当然だとも思いました。」

「竹原さんだって、お答えなさらないじゃありませんの？」

「ぼくが？」

「ええ。さっき、私からお聞きしたはずよ。」

「ぼくらは平凡です。」

「平凡な結婚て、ありますの？　うそおっしゃるのね。結婚はみんな、一つ一つ非凡のようですわ。」

「しかし、ぼくは矢木さんのように、非凡人じゃないから……。」

と、竹原は話をそらすように言った。

「ちがいますわ。私の学校友だちを見ていても、たいていそうですけれど、その人が非凡だから、結婚も非凡というわけじゃなく、平凡な人が二人寄っても、結婚は非凡なものになりますのよ。」

「大いにね。」

「大いにね、が出たわ。いつからの口ぐせ……？　年寄りが人をはぐらかすようで、いやじゃありませんの？」

波子はまゆをやわらかく上げて、竹原の顔をちょっとのぞくように、

「いつも、うちの話を聞かせるのは、私ばかりね。」

と、自分から、はぐらかされたことにした。

詰め寄ってみたい、もどかしさもあるが、竹原の家庭の話に、波子は踏みこんでゆけなかった。

「まだ、あの車、動かないで、煙を出してますわ。」

と、波子は笑った。

日比谷公園の上に、月が出ていた。三日か四日の月であろうが、その弓の形は、どちらにも傾かないで、真直(まっす)ぐ雲間に立っていた。

二人は堀の上に来ていた。

水にうつる燈をながめて、立ちどまった。

司令部の窓の燈で、真正面から、長い火影(ほかげ)を、水にゆらめかせていた。右の岸の柳

の並木と、左手の小高い石がけと、その上の松も、火影の横に、薄暗い影を落していた。

「今年の中秋名月は、九月の二十五日か六日ごろだったでしょう?」

と、波子は言った。

「ここの写真が、新聞に出てましたわ。司令部の上の満月を写したの……。この火影もありました。窓の列だけ、水にも、光の条(すじ)がうつってるんですけれど、その上に一本出た光の影があって、それが名月の影らしいんですの。」

「そのこまかいことを、新聞の写真で見たんですか。」

「ええ。絵葉書みたいな写真だけれど、私は、印象に残りましたの。お城のような石がけや松も写っていたから、そこの柳のあいだに、カメラをすえたんでしょうね。」

竹原は秋の夜気を感じて、波子をうながすように、歩き出しながらつぶやいた。

「あなたはお子さんにも、そんな話をするんですか。お子さんを弱くしますよ。」

「弱く……? 私だって、そう弱いばかりでしょうか。」

「品子さんも、舞台に出ると強いけれども、これから、お母さんに似ると困るな。」

堀を渡って、左にまがった。日比谷の方から、巡査の群が歩いて来た。皮帯のとめ金だけが光って見えた。

波子は道をよけて、竹原によりそうと、腕につかまりそうにした。

「ですから、品子の力になって、守ってやっていただきたいわ。」

「品子さんよりも、あなたは……？」

「私はいろいろもう、お力にすがってるじゃありませんの？　日本橋に、おけいこ場を持てたのから、竹原さんのおかげですし……。それに今では、品子を守ってやって下さるのが、私を守っていただくことになりますわ。」

波子は巡査の列をよけたまま、岸の柳寄りに歩いていた。

そのしだれ柳のこまかい葉は、まだほとんど散っていない。

しかし、電車線路の脇（わき）のすずかけの並木は、こちら側では、黄ばんだ葉があるのに、向う側のは、同じすずかけの葉が落ちつくして、すっかり裸木になっていた。公園の木かげになるからだろうか。よく見ると、こちらの並木にも、葉のおおかた散った木や、まだ葉の青い木が、まざっていた。

竹原は波子の「木にもそれぞれの運命が……。」という言葉を思い出した。

「戦争がなかったら、品子は今ごろ、イギリスかフランスのバレエ学校で、踊っていられたんでしょうね。私もついて行けたかもしれませんわ。」

と、波子は言った。

「あの子は、大切な勉強の年を、むだに過ごしてるのよ。取り返しがつかないわ。」

「品子さんは若いから、これからだって……。しかし、波子さんも、そういう脱出の方法を、考えてはいたんですね。」

「脱出って……？」

「結婚からの脱出……。矢木さんを離れて、外国へのがれる……。」

「さあ、それは……？ 私は品子のことばかり考えて、娘のために、生きるつもりでしたから……。今もそうですけれど……。」

「子供のなかへ逃げこんでしまう、母親の脱出方法ですね。」

「そう？ でも、私のは、もっと激しいと思います。気ちがいじみていそうよ。品子がバレリイナになるのは、私の見果てぬ夢ですから……。品子が私ですわ。私たちは、私が品子のぎせいになっているのか、品子を私がぎせいにしているのか、ときどき、わからなくなりますの。どっちだっていいわ。そんなことを考え出すと、自分たちの能力の限界が見えて来そうで、だめですもの。」

と、波子はなんとなく下を向いたが、

「あら、こいがいますわ。白いこいがいますわ。」

と、声を上げながら、堀をのぞきこんだ。顔や肩にしだれかかる、柳の枝を振りはらった。

日比谷の交叉点まで来ていて、堀も曲り角だった。

曲り角の水のなかに、白いこいが一匹、じっとしていた。浮かぶでもなく、沈むでもなく、水のなかほどにいた。曲り角のせいで、ごみがたまって、そこだけ浅い底が見えた。落葉も沈んでいた。しかし、こいと同じように、水のなかほどに動かぬ、すずかけの落葉もあった。波子が振りはらった柳の葉が、水の表に散っていた。水は薄黄色くよどんでいた。

司令部の窓明りで、竹原もこいをのぞきこんだが、すぐ後にさがると、波子のうしろ姿を、じっと見た。

波子の黒いスカアトは、すその方へきりっと細まって、腰から脚の線が出ていた。青春の時から竹原が、波子の踊りにもそれを見て、胸のときめいた線だ。その女の線は、今も変らない。

しかし、そのような波子のうしろ姿が、夜の堀のこいなぞ、のぞきこんでいるのを、竹原はなんということだと、たまらなくなって来そうで、

「波子さん。そんなもの、いつまで見てるんです。」

と、きつく呼んだ。

「およしなさい。あなたはそんなもの、目につくのが、いかん。」

「どうしてですの。」

波子は振り向いて、柳の下から、歩道にもどった。

「そんな小さいこいが、一匹いたって、だれも見やしませんよ。それがあなたは、目につくんだから……。」

「だってだれも見つけなくても、だれも知らなくても、このこいは、ここにこうしているんですもの。」

「あなたはそういう人だ。さびしそうな魚を、見つけたりするところのある……。」

「そうかもしれないわ。でも、広い堀のなかで、よりによって、人通りの多い、曲り角のすみで、あんなにじっとしてるの、不思議じゃありませんの？　通る人は気がつかないし、後でだれかに、このこいの話をしても、うそだと思うでしょう。」

「それは、目につく方が、どうかしてるんだから……。波子さんに見られたくて、魚は来ていたのかもしれない。孤独の身の、同病相哀れむでね。」

「そう。こいのいる向うの、堀の真中に、魚を愛しましょう、と立札が見えますわ。」

「ほう、それはいい。波子を愛しましょう、と書いてはありませんか。」

と、竹原は笑って、立札をさがすように、堀の水を見た。波子も笑いながら、

「あすこよ。あなたは立札も、目につかないの？」

二人の横に、アメリカの軍用バスが来て、アメリカの男女が乗りこんだ。

歩道のわきにも、アメリカの新型の車が、ずうっと一列においてあったが、つぎつぎに動き出していた。

「こんなところで、あわれな魚を見たりして、あなたはだめですよ。」

と、竹原はまた言った。

「あなたのそう言う性格を、もう捨てるんですね。」

「そうね。品子のためにもね。」

「波子さん自身のためにも……。」

波子はしばらくだまっていてから、落ちついて言った。

「品子のためばかりでもありませんけれど、うちの離れを売ることにしましたのよ。竹原さんにお貸ししていた離れですから、その前に、ちょっと、お話しておきたいと思って……。」

「そうですか。ぼくが買いましょうか。その方が、もしもですよ、後で母屋（おもや）もお売り

になりたいような場合に、都合がよろしいかもしれませんね。」

「まあ？　竹原さんは、そんな判断が、とっさに、お浮かびになりますの？」

「これは失礼しました。」

と、竹原はあやまるように、

「つい失礼な先まわりをしちゃって……。」

「いいえ。それはもうおっしゃる通りに、いずれは、母屋も売ることになりますわ。」

「そうなった時に、母屋の買手は、離れにどんな人が住んでるか、必ず気にしますよ。離れと言っても、屋敷うちで、話声が聞えるほどだから、後では、母屋が売りにくいかもしれません。ぼくが離れを買っとけば、母屋が売れる時に、いっしょにゆずってもいいし……。」

「はあ……。」

「しかし、離れを売るくらいなら、四谷見附の焼跡を、お売りになったらいかがです。へいだけ残って、草が生えてるんでしょう。」

「ええ。でも、あすこには、品子の舞踊研究所を建ててやりたいんですの、将来……。」

建つみこみはなさそうだ、と竹原は言いかかったが、

「なにもあすこに限らないでしょう。建てる時は、もっといい場所が、見つかりますよ。」

「そうでしょうけれど、あの土地には、私と品子の舞踊の夢が、こもっているんですもの。私の若い時、品子の幼い時からの、踊りの精が、あすこにいますの。あすこには、いろんな踊りの幻がいつも私に見えていますの。あの土地を、人手に渡せないわ。」

「そう……？　それじゃあ、離れを切り売りなどしないで、いっそこの際、北鎌倉の家屋敷を、まとめて売りはらっちゃって、四谷見附に研究所つきの家を、お建てになったら……？　これは出来そうだ。ぼくも仕事が、今の調子だと、少しならお助けしますよ。」

「主人が、とうてい、ゆるしてくれませんわ。」

「しかし、そこは波子さんの決心でしょう。そういう思い切りをよくしないと、よういに、研究所は建ちませんよ。今がその機会だと、ぼくは思うな。竹の子ぐらしでは、なにも残らない。相当の研究所を、今お建てになっとけば、いいけいこ場がなくて困る人が、多いという話だから、ほかの舞踊家にも使ってもらって、それが品子さんの

役に立つんじゃありませんか。」

「ゆるされないことですわ。」

波子は力なく言った。

「矢木に話しても、ふうむ、と例によって、考え深そうにするだけですわ。前には、ほんとうに考え深い人だと、思ったんですけれど、ふうむ、そう……？　と、もっともらしく見せておいて、そのあいだに、打算するんですわ。」

「まさか……。」

「そうだと思うわ。」

竹原は波子を振り向いた。波子は目を見合ったまま、

「でも、私には、竹原さんも不思議なのよ。私が何を相談しても、即座に判断を下して、お迷いになったことがないんですもの。」

「そうですかね。あなたにたいして打算がないか、ぼくが俗人になったかでしょう。」

波子は目を、竹原の顔から、はなさなかった。

「でも、竹原さんは、うちの離れをお買いになって、どうなさるつもり……？」

「どうしますかね。それはまだ考えていなかった。」

そして、竹原はじょうだんめかしく、

「ぼくは矢木さんに、あの離れから、ていよく追い出されたようなものだから、もしぼくが買ったら、あすこに乗りこんで、矢木さんに報復しますかな。しかし、矢木さんは、ぼくにはお売りにならんでしょう。」

「そこが矢木のことですから、そろばんをはじいて、案外お売りするかもしれませんわ。」

「矢木さんは、そろばんをはじいたことが、ないじゃありませんか。そろばんは終始、波子さんの役目でしょう。」

「そうね。」

「しかし、あなたの言う通りに、矢木さんは、ぼくでもいいかもしれんな。しっとというものを、夢にも顔色に出さない紳士なんだから……。ぼくに売らないと言うと、やきもちかと思われるのが、矢木さんはおいやでしょう。だけど、あなた方のあいだには、いったい、しっとがあるのかないのか、おたがいに、それらしい気ぶりを見せないのは、はた目には、なにか不気味ですね。嵐の前の静けさのようにも思えるし……。」

波子はだまっていたが、胸の底に、冷たい炎がふるえた。

「ぼくは深いたくらみがあって、お宅の離れを買おうと言ったわけじゃないが、あの離れに、ときどきあらわれて、矢木さんの目ざわりになるのも、おもしろいですね。矢木さんの君子づらを、一皮むいてみたい……。でも、矢木さんのしっとよりも先きに、波子さんを苦しめることになりそうだ。そういうぼくだって、今度また、お二人のそばにいるのは、心が平らかでないでしょうね。」

「竹原さんがどこにいらしたって、私の苦しいのは同じよ。」

「ぼくのための苦しみ……？」

「それもあるわ。ほかの苦しみもあるわ。家を売って、舞踊の研究所を建てるという、今のお話にしたって、娘のためにはいいけれど、高男はどうなりますの。高男は模倣性の強い子で、だんだん父親の真似をして来ますの。それも高男の身になれば、無理もないかもしれませんわ。私が品子のバレエにばかり肩を入れて、高男は姉の陰になりがちですから……。」

「そうですね。気をつけないといけませんね。」

「またおまけに、マネエジャアの沼田が、私たち四人の離間策を、しつっこくやってますのよ。私と品子とのあいだまでね……。私たちを離れ離れにさせて、私をおもちゃにして、品子を食いものにしようというのでしょう。」

そこの岸の柳のあいだに、また、

(魚を愛しましょう。)

という立札があった。司令部のまん前で、窓の燈(ひ)が強く明るいせいか、向う岸の松影も、こちらの柳の並木の影も、ここだけは堀の水に、少しはっきりと見えた。

窓明りは向う岸の石がけの角まで、ほのかにうつっていた。その石がけの上に、あいびきの男の煙草(たばこ)の火があった。

「こわい。あの、今通った車に、矢木が乗って……?」

と、波子はまた不意に肩をすくめた。

## 母の子父の子

矢木元男は、息子の高男をつれて、上野の博物館を出た。

石造りの玄関の真中で、父は立ちどまった。古美術を見つかれた目に、ほうっと公園の木々がうつって、なんとなくたたずむという風だ。古美術が頭に残っていて、自然が目新しく感じられるという風だ。

父は楽に口もとをゆるめて、公園をながめていた。高男はその父を、横からながめていた。

よく似た親子だが、息子は父よりも少し低くて、やせ形だった。

二十日ばかり見なかった父を、息子は立派だと思ってながめていた。

二人は彫刻の陳列室で、出会ったのだった。

矢木が二階からおりて、彫刻の室にはいって行くと、興福寺の沙羯羅(さがら)像の前に、高男が立っていたのだった。

矢木が近づくまでに、高男は振りかえって、父を見つけると、少し気まり悪そうな顔をした。

「お帰りなさい。」

「ああ、ただいま。」

と、矢木はうなずいたが、

「しかし、どうしたんだい。思いがけないところで会ったね。」

「迎えに来たんですよ。」

「迎えに……? よくここだとわかったね。」

「博物館の人といっしょに、夜汽車で帰るというお手紙でしたから、多分、うちへ真直ぐお帰りにならないで、博物館にお寄りになったんだろうと思ったんです。午前中は、家で待ってたんですが……。」

「そうか。それはありがとう。手紙はいつ着いた。」

「今朝……。」

「ちょうど間に合った?」

「しかし、姉さんもけいこ日で、お母さんと出かけた後でしたから、二人とも、今日、お父さんがお帰りだということは知らないんです。」

「そうか。」

二人は顔を見合わせるのを避けるように、沙羯羅の像を見た。

「お父さんが博物館へいらしたんだろうと、見当はついても、どこでつかまえられるか、ぼくは考えましてね。」

と、高男は言った。

「ここの沙羯羅や須菩提の前で、待つことにしたんです。いい考えでしょう。」

「ふうむ。いい考えだ。」

「お父さんは、博物館へいらっしゃると、いつも出る前に、この興福寺の須菩提と沙羯羅のところへ、必ず来て、しばらくお立ちになるでしょう。」

「そう。頭がいっぺんに、すうっとするからね。心の曇りやにごりが、素直に清められる。しかも、いろんなつかれやこりが取れたように、なんとも言えぬ温い感じを受けるんだな。」

「ぼくは見ていて、子供顔の沙羯羅が、まゆの根を寄せた感じは、姉さんやお母さんのくせに、ちょっと似てるんじゃありませんか。」

父は首を振った。

とんでもないという風に、矢木は首を振ったのだが、すぐ顔色をやわらげた。

「そうかね。とにかく高男が、お母さんや品子を、天平時代の仏に、なにか似ていると感じたのは、たいしたことだね。二人に話してやったら、あの人たちも、少しはやさしくなるよ。しかし、沙羯羅は女じゃない。女にこんな顔はないだろう。沙羯羅は少年だよ。東洋の聖少年だ。りりしく立っている。天平の奈良の都には、こんな少年がいたように思えるね。須菩提も同じだ。」

「ええ。」

と、高男はうなずいて、

「ぼくはお父さんを待って、沙羯羅や須菩提の前に、長いこと立っているうちに、少しかなしく見えて来たんですが……。」

「ふむ。二つとも乾漆の像で、乾漆という彫刻の素材は、仏師が抒情的に扱いやすいのかね。天真な少年像に、日本の哀愁も出ている。」

「姉さんも、よく動く上まぶたに、ときどきまゆをひそめて、これと似たような、かなしい目つきをしますよ。」

「そう。しかし、まゆの根を寄せるのは、仏像の作法の一つでね。この沙羯羅の仲間の、八部衆の、阿修羅の像や、須菩提と同じ、釈迦の十大弟子の像のうちの、いくつかも、やはりまゆをひそめてるよ。それに、この沙羯羅は、かれんな童形に造ってあるが、八大竜王の一つで、実は竜なんだ。仏法を護持する、おそろしい力がある。水の王だ。この像にも、そういう力がこもっている。肩にまつわったへびが、少年の頭の上に、かま首を持ち上げているだろう。しかし、いかにも人間らしい作りで、心やすく親しめるから、だれかに似てそうに思うんだな。ところが、こう写実と見えて、永遠の理想の象徴でね。いじらしいようなあどけなさのうちに、澄み渡る大きさがあるし、しみるように静かで、深い力の動きがある。うちの女どもとは、残念ながら智恵の深さがちがうようだね。」

二人は沙羯羅の前から、須菩提の前へ移って行った。

須菩提の像は、もっとなにげない、自然な姿で立っていた。

沙羯羅は高さが五尺一寸五分、須菩提は四尺八寸五分の立像だ。

須菩提はけさをかけ、右手で左のそで口を持ち、板金剛をはいて、岩座の上に、つつましく、少しさびしく、静かに立っていた。人間のうちにいくらもいそうな、清らかにおだやかな坊主頭と童顔に、なつかしい永遠があった。

矢木はだまって、須菩提の前を離れた。

そして、玄関へ出たのだった。

突き出た玄関の大きい石柱は、博物館の前庭と上野公園とがはいる、力強い額縁のようになっていた。

　その石の玄関の真中で、みかげ石の床にたたずんで、父は日本人としては珍らしく、みすぼらしく見えないと、高男は思っていた。

「京都で運よく、考古学会と美術史学会とが、つづいてあってね、両方に出られたよ。」

　そう言って、父は長い髪をゆっくり搔き上げながら、ぼうしをかぶった。

　矢木は京都で、考古学会と美術史学会とに出席したと言っても、学会のもよおしとして、ある個人の集品を見学させてもらう、それに参加しただけであった。

　矢木は専門の考古学者でも、美術史学者でもない。

　考古学の参考品を、古美術品として見るということは、矢木にもあったが、大学は国文学科の出で、日本文学史家なのだろう。

　戦争中に、「吉野朝の文学」という本を書いて、そのころ講座を持っていた私立大学に、学位論文として提出した。

　南朝の人々が戦いやぶれて、吉野の山などにさすらいながら、王朝の伝統を守り、つたえ、またあこがれた、文学と史実とを調べたものである。南朝の天皇がたの源氏物語研究に、矢木の筆は涙をそそいだ。

矢木は北畠親房の遺跡もたずね、「李花集」の宗良親王の流浪の旅路も、信濃まで歩いてみた。

矢木によると、聖徳太子の飛鳥時代や、足利義政の東山時代などは、無論のこと、聖武天皇の天平時代や、藤原道長の王朝時代なども、決して平和の時代ではない。人間の争いの流れに、美の波頭が咲いたのだ。

矢木が藤原時代の暗黒を見るようになったのは、原勝郎博士の「日本中世史」などに教えられてからだ。

また、矢木が今、「美女仏」の研究を書いているのは、矢代幸雄博士の著書、「日本美術の特質」などの美学に、みちびき出されたところが多かった。矢木は「美女仏」を「東洋の美神」とでも題したいのだが、さすがにそれは、矢代博士に似過ぎそうだ。

「神」という言葉よりも、「仏」という言葉を使いたい、矢木でもあった。

日本の「神」という言葉では、矢木も日本の敗戦で、痛い目にあい、自分のうしろめたい感じがともなった。「吉野朝の文学」は、今となっては、敗戦の後をかなしむような本にもなったが、無論、皇室を日本の美の伝統に、神と見たものであった。

矢木の「美女仏」というのは、主に観音である。しかし、観音のほかに、弥勒でも、薬師でも、普賢でも、吉祥天女でも、女じみて美しい仏たちは、なんでもかまわずに加えて、それらの仏像や仏画から、日本人の心と美とを、くみ取るこころみであった。矢木は仏教学者でも、美術史家でもないので、そちらには浅いが、「美女仏」は、風変りな日本文学論になるだろう。文学論にするところで、矢木は書けると思った。

国文学者としては、矢木はそういう幅の広い方かもしれない。

貧乏書生上りで、波子と結婚したころ、矢木は女学生も好きな、中宮寺の観音像さえ、ろくに知らなかったし、弥勒像の京都広隆寺へは、行ったこともなかった。蕪村の絵を見ないで、蕪村の俳句を学んでいた。大学の国文学科を出ながら、女学生の波子よりも、日本の教養がなかった。

「名古屋の徳川家に、源氏物語絵巻が出てますから、見にいらしたらいいわ。」

と、波子は言って、婆やを呼ぶと、旅費を出させたことがあった。波子の婆やが会計をやっていた。

矢木は恥ずかしさ、くやしさが、骨身にしみたものだった。

博物館には、南画（文人画）の名作展があった。

昔、矢木が、その俳句をしらべて、その絵を知らなかった、蕪村の南画も、無論ならんでいた。

「二階の南画は、見たの？」

と、矢木は高男に言った。

「かけ足で通っただけです。お父さんが、仏像のところへ、いついらっしゃるかわからないから、それが気にかかって、ほかはゆっくり見てられなかった……。」

「そうか、惜しいことをしたな。今日はこれから、人と会う約束があるんで、もう時間がないだろう。」

父はポケットから時計をのぞかせた。

ロンドンのスミス会社の、古風な銀時計だが、横に出た金を、ちょっと押しておくと、矢木のポケットのなかで、三時を打った。それから、二つずつ二度鳴った。二つずつの音は、十五分のしらせで、今はおおよそ三時三十分前後、と音でわかるしかけだ。

「宮城道雄さんのような、めくらにあげたら、たいそう便利だね。」

と、矢木はよく言い、暗い夜みちや、暗いまくらもとで、鳴らせる時計だ。

矢木は目ざましの懐中時計も、持っていた。だれかの出版を祝う会で、だれかが長いテエブル・スピイチをしている最中に、矢木のポケットの目ざまし時計が、ちりちりと鳴り出して、実におもしろかったと、高男は父から聞いたこともある。

今も高男は、父の胸のポケットに、小さいオルゴオルのような、幼い音で、時計の鳴るのを聞くと、父に出会えたことがうれしくなった。

「ここから、うちへお帰りかと思った。まだどこかへ、寄ってらっしゃるんですか。」

「うん。夜汽車で、よく眠れたからね。しかし、高男も、いっしょに来てもいいんだ。教科書屋さんが、平安朝の文学と仏教美術との交流について、ぼくがちょっと書いたのを、国語の教科書に入れたいというのでね。どうせ、専門的なところをはぶく相談で、通俗的な美文にしてしまうのさ。それから、さし絵の指定もある。」

矢木は玄関の石段をおりると、ゆりの木の葉が散るのをながめた。

ゆりの木は、かしわに似た大きい葉で、石の玄関に近い、ただ一本のみごとな木、深い色の黄葉が、庭のひろがりを、老王の立つように静めていた。

「ぼくの文章の、実のあるところはけずられても、藤原の美術を感じておくのは、藤原の文学を読む学生の、助けになると思うんだ。」

と、矢木はつづけて、

「蕪村の絵は、どうだった？　高男も、絵を見ないで、蕪村の俳句を、国語で習ってたんだから……。」

「渡辺崋山か。そうだね。なんと言っても、南画では、大雅が大天才だ。だが、崋山は今の若い人にはね……。あの時代で、崋山が西洋を取り入れた、強い好奇心と新しい努力はね……。」

「ええ。ぼくは、崋山がよかったな。」

そして、矢木は博物館の正門を出たところで、

「あの、沼田にも会うんだよ。品子のマネエジャアの……。」

四谷見附まで、中央線に乗った。

聖イグナチオ教会の方へ、道を横切ろうとして、車が通り過ぎるのを待ちながら、

高男はまゆをふるわせるように言った。

「ぼくは、あのマネエジャアが、きらいでたまらないんです。こんど、お母さんや姉さんに、妙なことをしたら、決闘してやるから……。」

「決闘とは、はげしいね。」

矢木はおだやかにほほえんだ。

しかし、それが今の青年の言葉づかいなのか、あるいは高男の性格の現われなのかと、父は息子の顔を見た。

「ほんとですよ。ああいう人間は、こっちの命を、向うの命にぶっつけてやらないと、こたえませんよ。」

「向うがつまらん人間なら、それはつまらんじゃないか。こっちの命が、もったいないよ。沼田は太っていて、肉が厚いから、高男のやせ腕で、小刀なんか振りまわしたって、徹（とお）りやしない。」

と、父は笑って見せた。

高男はピストルをねらう、手つきをした。

「これでいきますよ。」

「高男、お前、ピストルなんか持ってるのか。」

「持ってやしないけど、そんなもの、友だちに、いつだって借りられますよ。」

息子はこともなげに答えて、父を冷やっとさせた。

父の真似（まね）が好きの、おとなしいような高男にも、母の性格の火が、奥にひそんでいて、時には病的に、燃え出るのだろうか。

「お父さん、渡りましょう。」

と、高男はきつく言った。そして、新宿の方から来る、タクシイの前を、さっと走り抜けた。

女学生が二人づれ、四人づれ、制服姿で、少しうつ向いて、聖イグナチオ教会へはいって行った。道をへだてた、雙葉学園の女生徒が、学校の帰りに、祈るのかもしれない。

外堀の土手の陰を歩いて、矢木は教会の壁を見た。

「新しい教会の壁にも、古い松影がうつってるね。」

と、もの静かに、

「去年、ザビエルの右腕の来た、教会だね。フランシスコ・ザビエルも、四百年前、都へのぼるのに、街道の並木の、日本の松影の下を歩いただろう。京都は戦乱のちまたで、足利義輝将軍も、逃げまわっていた。ザビエルは天皇に拝謁しようとつとめたが、無論、ゆるされやしないさ。都にわずか十一日いただけで、平戸に帰ったんだよ。」

松影のうつる壁は、西日に薄く桃色づいていた。

隣りの上智大学の赤れんがの壁にも、日がいっぱいあたっていた。

その先きの幸田屋にはいると、奥まった部屋に通された。

「どうだ、落ちつくだろう。宿屋になる前は、鉄成金の家で、ここは茶室だった。あの、ノオベル賞の湯川博士も、この部屋に泊っていたんだ。アメリカから飛行機で着いた時にも、アメリカへ飛行機で立つ時もね……。水泳の古橋選手らも、アメリカの行き帰りに、ここで合宿したんだ。」

「お母さんが、よくいらっしゃるうちじゃないんですか。」

と、高男は言った。

湯川博士や古橋選手は、敗戦日本の栄光で、希望で、その人気ものが、アメリカの行き帰り、泊ったという部屋に、通されたのだから、若い学生は心ときめかせるだろうと、矢木は思ったのだが、高男はそれほどに感じないらしかった。

矢木はつけ加えた。

「ここへ来る手前にね、広い部屋があったろう。あの二間(ふたま)を打ち抜(ぶ)いて、湯川博士の面会室にあてたんだ。いろんな人の押しかけて来るのを、なるべくこの居間には、通さんようにしたんだが、新聞社の写真班が、どこからともなく、庭にしのびこんで来て、変った姿をねらうから、湯川さんは、ほっとくつろぐ間がありやしない。写真班を入れないように、ここの女中が二人、庭の両端で、夜も張り番に立っていて、蚊にさされて困ったそうだ。夏だったからね。」

矢木は庭に目を向けた。

大名竹、布袋竹、寒竹、四方竹など、竹ばかり植えこんだ庭で、隅に稲荷の赤い鳥居が見えた。

　この部屋も竹の間と言い、すす竹の天井であった。

「湯川博士が着いた時、宿の奥さんは病気だったんだが、久しぶりで日本にお帰りになったんだから、いい香をたいて、朝顔も咲いていてと、寝ながら気をくばって、庭の木に、せみも鳴いてくればいい。」

「はあ……。」

「せみも鳴いてくればいいとはおもしろいね。」

「はあ。」

　しかし、高男は同じ話を、前に母から聞いていた。父は母の受け売りをしているらしいので、息子はおもしろい顔がしにくかった。

　部屋を見まわしながら、

「いいうちですね。お母さんは、今でも、よく来るんでしょう。ぜいたくなんだな。」

　父は吉野丸太のしぼり手の床柱を背に、ゆったりと坐って、うなずきはしたが、

「せみは鳴いてくれたらしいんだね。東京の、宿に来て先づ、なつかしむ、せみの声する、庭の木立を。その時の湯川博士の歌だ。湯川さんには、かねて歌のたしなみが

ある。」

　と、前からの話をつづけて、高男の話をそらせた。

　これからの夕飯の払いも、波子の勘定につけておく。このごろでは、そういうことでも、高男は父を責める気配がある。

　矢木は軽く言った。

「お母さんは、ここの奥さんとこんいで、まあ、友だちづきあいだな。品子が舞台に立つには、それも助けになるだろう。」

　教科書の出版社の編集長が来た。

　藤原の仏教美術の写真を、矢木は自分の文章よりも先きに見せた。

「この写真は、みなぼくが取らせたもので、ぼくの見方がはいってるんだ。」

　高野山の聖衆来迎図、浄瑠璃寺の吉祥天女、博物館の普賢菩薩、教王護国寺の水天、中尊寺の人肌大日、観心寺の如意輪観音などの写真を、より出して、机にならべて、説明しかかったが、

「そうそう、薄茶を一服いただこう。京都のくせがついちゃって……。」

　河内観心寺の秘仏、如意輪観音の写真を手にとって、

「仏は……と、清少納言も、枕草子に書いている。如意輪は人の心をおぼし煩ひて、ほほづゑ突きておはする。世に知らずあはれに恥づかし……。よく感じをとらえたもので、これは、ぼくの文章にも引いておいたが……。」

と、矢木は、編集長にともなく、高男にともなく言うと、こんどははっきり高男に、

「さっき、博物館で見た、沙羯羅や須菩提ね、奈良の仏像の、ああいう清らかさの、人間的な写実が、藤原の人間的な写実では、こうなまめかしくなって来るんだね。人はだのぬくみがある、現世的だ。しかし、神秘は失われていない。女の美しさの、最高の象徴だが、こういう仏を拝むと、藤原の密教は、女性崇拝だったようにも思えるね。奈良薬師寺の吉祥天女の絵と、この京都浄瑠璃寺の吉祥天女の像とは、似ているが、くらべて見ると、やはり、奈良と藤原とのちがいが、よく感じられるんだな。」

そして、矢木は折りカバンを引き寄せて、浄瑠璃寺の吉祥天女や観心寺の如意輪観音の、色つき写真を取り出すと、この通り彩色が、あでやかに残っているから、国語教科書の口絵に、色刷りで入れることを、編集長にすすめた。

「そうですね。先生の名文と、光り合って、けっこうでしょうね。」

「いや。ぼくの幼稚な美文は、まだ、採用されると、きまったわけじゃないから……。ぼくの文章を、とるとらないは別として、日本の国語教科書に、仏像の一つくらいは、

口絵にあってほしいですね。西洋の教科書に、聖母マリヤの絵がある、というようなわけにゆかなくても……。」

「無論、先生のお作は、いただきたいと思って、それでこうして、あつかましくまいりました。しかし、この仏像は、あまり有名過ぎて、今の学生は、たいていなにかで、写真を見ておりませんか。」

と、編集長はためらって、

「本文の、先生のペエジに入れる写真は、先生のお指図にしたがいますが……。」

「ぼくの文章はとにかく、仏像の口絵はほしいな。日本の美の伝統を見ないで、国語はありませんよ。」

「その意味で、先生の論文を、ぜひどうぞ……。」

「論文と言えるほどのものじゃないが……。」

矢木はまた折りカバンから、雑誌の切り抜きを出して、編集長に渡した。

「帰りの夜汽車のなかで、手を入れておきました。面倒なところをけずって、教科書向きになったか、どうか、後で見ておいてくれたまえ。」

と言って、薄茶をすすった。

沼田の来たことを、女中がしらせても、矢木は茶碗（ちゃわん）を裏返して見ていて、うつ向い

たまま、

「どうぞ。」

沼田は紺のダブルの上着で、きちんとしていたが、下腹が出て、おじぎするのも苦しそうだった。

「やあ、先生、お帰りなさい。お嬢さんがまた、おめでとうございます。」

「やあ、ありがとう。波子や品子が、いつもいろいろお世話になって……。」

沼田の「おめでとう」は、舞台の人に、楽屋で言う、口調だった。

沼田の「おめでとう」は、品子のどの舞台のことを言うのか。矢木は京都にいたあいだに、娘がどこでなにを踊ったか、知らないので、自分の前においた茶碗を、静かにまわしてながめた。

「この茶碗も、なかなか美人だな。これから寒い時に、ほのぼのと温い、美女のような、志野の茶碗は、いいものだね。」

「波子夫人ですな、先生。」

と、沼田はにこりともしないで、

「ときに先生、こんど京都では、またなにか名品の掘り出しが、おありだったでしょう。」

「いや、ぼくは、掘り出しもの趣味は、きらいだね。こっとう趣味もない。」

「まったく、名品の方から先生を……、そうです、がらくたのなかで、名品がぴかっと光っていて、先生のお目を待っているわけですな。」

「まあ、ないでしょうね。」

「そう、ざらにはね。品子嬢のような名品は、十年二十年に一度、掘り出せるものじゃありません。このごろ、ぼくは先生、お嬢さんのことを、あれは名品だ、と言わせてもらってるんです。いよいよ、名品の光りが、かがやいて来た。まもなく、婦人雑誌の新年号が出ますから、先生、御覧下さい。口絵の写真に、いろいろ、お嬢さんを売りこんで、成功しました。五一年に期待する、新人ですよ。バレエはますます流行しますし……。」

「ありがとう。しかし、あまり無理をして、品ものあつかいになると……。」

「それは、先生がおっしゃるまでもなく、お母さんがついてらっしゃいますから……。」

沼田はぴしゃりと言った。

「お名前が品子で、名品と言いやすいだけですよ。新年号の写真を、早く見ていただ

「そう……？　口絵というと、今も、その口絵の話をしてたところです。」

そして矢木は、沼田を、教科書出版社の北見に紹介した。

女中が来て、食事の前に、ふろをすすめた。

沼田も北見も、かぜをひきそうだからと、ことわった。

「それじゃ、ぼくは失敬して、夜汽車のよごれを、流して来ます。高男、はいらないか。」

高男は父について、湯殿へ行った。

はかりを見つけて、父は言った。

「高男、なん貫ある。少しやせたんじゃないか。」

高男は裸で、かんかんに乗った。

「十三貫です。ちょうど……。」

「だめだな。」

「お父さんは……？」

「どれ……。」

と、矢木は高男とかわって、

「十五貫と、三百だ。二百か三百、ここなん年も、変らないね。」

そして、はかりの前で、親子とも色白の体を、間近に向い合うと、息子はふとはにかむような、かなしいような顔になって離れた。

長州ぶろで、二人はいると、膚（はだ）がふれた。

高男は先きに流し場へ出て、足を洗いながら言った。

「お父さん、お母さんに長いこと、つきまとっていた沼田を、こんどは、姉さんにつきまとわせるんですか。」

父は湯船のふちを、まくらのようにして、目をつぶっていた。

父の答えがないので、高男は顔を上げて見た。父の長い髪は黒いが、頭の真中から、薄くなりかかっていた。額の抜けあがった父の、上からもはげて来そうなのが、高男は目にとまった。

「どうして、お父さんは、沼田なんかにお会いになるんです？　京都からお着きになったばかりで……。」

うちへ帰る前に、と高男は言いたかった。沼田はいつも、お父さんをないがしろにしているのに、と言いたかった。

「お父さんを迎えに来て、博物館で会えて、うれしかったんだけど、お父さんが、沼田を呼んでらっしゃるんで、がっかりしちゃった。」

「ふうむ……。」

「ぼくは小さい時から、沼田に、お母さんを取られそうな気がして、憎いんですよ。夢でも、沼田に追っかけられたり、殺されかかったりして、よくうなされたの、忘れないから……。」

「うん。」

「姉さんは、お母さんといっしょに、バレエをやってるから、沼田に巻かれちゃったけど……。」

「そう言ったものでない。それは、高男の見方が、強過ぎるね。」

「ちがいます。お父さんだって、よく知ってるじゃありませんか。沼田がお母さんのごきげんを取るのに、どんなに姉さんのきげんを取ったか……。姉さんが、香山さんをあこがれるように、しむけたのだって、沼田の手でしょう?」

「香山……?」

矢木は湯のなかで、向き直った。

「香山君が、今どうしてるか、高男は知ってるの?」

「知りません。バレエには出てないのか、名前を見ませんね。伊豆にひっこんだきりじゃないんですか。」

「そうか。その香山君のことも、沼田に聞いてみようと思うんだ。」

「香山さんのことなら、姉さんにお聞きになるのが、いいんじゃありませんか。お母さんにだって……。」

「ふうむ……。」

高男は湯船にはいって来た。

「お父さん、洗わないんですか。」

「ああ、おっくうだ。」

矢木は高男のために、体を片寄せて、

「今日は、学校どうしたの？」

「二時間だけ出ました。だけど、ぼくもこうやって、大学なんかに通っていて、いいんでしょうか。」

「大学と言っても、新制で、もとの高等学校の年だからね。」

「ぼくは、働かせて下さい。」

「そうね……？　ふろおけのなかで、力むのはよせよ。」

と、矢木は笑って、湯からあがると、体をふきながら、

「高男はね、人に多くをもとめ過ぎるところがあるよ。たとえば、沼田にたいしてだって、もとめるべきものと、もとめるべきでないものとがある。」

「そうでしょうか。お母さんや姉さんにたいしても、そうですか。」

「なにを言う?」

と、矢木は高男の語気をおさえた。

二人が竹の間にもどると、沼田は矢木を見上げて、

「先生の美人とおっしゃる、このお茶碗で、お相伴いたしました。じつは先生、そこの教会、聖イグナチオ教会ですか、ついでに内をのぞいてみましたが、カトリックの教会を出て来て、薄茶をいただいて……?」

「そう? しかし、カトリックとお茶とは、昔は縁がありますよ。たとえば、織部燈籠を、キリシタン燈籠ともいうでしょう。」

と言いながら、矢木は坐った。

「古田織部の好みで、燈籠の柱に、キリストを抱いた、マリヤらしい像が、彫りこんである。キリシタン大名の、高山右近の作だという、茶しゃくもあるそうだ。花十と

いう銘で、花クルスと読む。」

「花クルス……？　いいですな。」

「高山右近などは、茶室に坐って、キリシタンの神に祈るのが、好きだった。茶道の清浄と調和とが、右近を気高い人にして、神を愛し、主の美を見出（みいだ）す、みちびきにもなった。そんな意味のことを、外人の宣教師も書いていてね。日本にヤソ教のはいったころは、大名や堺（さかい）の商人などのあいだに、茶が盛んな時だったから、宣教師もお茶にまねかれることがあると、茶席で一同ひざまずいて、神に感謝の祈りをささげたりした。本国へ送る、伝道の報告には、茶道のありさまを、くわしく書いて、茶器の値段まで出ている……。」

「なるほど……。近ごろはまたカトリックとお茶とが盛んで、先生のお住まいの北鎌倉は、関東のお茶の都ですな。波子夫人が、おっしゃってました。」

「そう。去年、ザビエルの右腕について来た、なんとかいう大司教なども、京都で茶会によばれて、お茶の作法とミサの作法が、いろいろと似てるので、おどろいたそうですよ。」

「はあ……。日本踊りの吾妻徳穂（あずまとくほ）さんも、カトリック信者になって、こんど、（踏絵）を踊りますが、どうですか、先生も御覧下さい。」

「踏絵の昔の殉教を、踊るのだろうが、今は、一発の原子爆弾で、浦上（うらがみ）の天主堂が、むざんに吹っ飛んだし、長崎で、八万人死んだとすると、そのうちの三万は、カトリック信者だろうというんですが……。」

矢木はそう言って、教科書出版社の北見を見た。

「長崎でしょう。」

「そう、長崎（ながさき）……？」

北見はだまっていた。

「そこの、聖イグナチオ教会は、なにかで、東洋一だそうですね。しかし、ぼくはやはり長崎の、大浦の天主堂が、好きですね。一番古い、国宝の教会……。色絵ガラスもいい。浦上から離れていて、原子爆弾の破壊は、のがれたけれども、ぼくが行った時は、屋根がやぶれたままだった。」

料理が出はじめたので、矢木は、机の上に片寄せてあった、仏像の写真を、カバンにしまった。

「でも、やはり先生は、仏さんの方でしょうな。昔、先生が波子夫人に踊らせた、（仏の手）というのは、よかったな。仏像の手の、いろんな表情を、組み合わせた踊りでしたね。」

と、沼田は矢木の顔をうかがうように、

「ぼくは、ひとつ波子夫人にも、舞台に復活してもらいたいんですよ、先生……。」

「(仏の手) の踊りを、今思い出したんで、あれなどはいい例ですが、やはり、波子夫人の年に来ないと、まだ品子嬢では、あの踊りの宗教的な深さは、似合わんでしょうな。」

と、沼田はつづけたが、矢木はすげなくつぶやいた。

「日本踊りとちがって、西洋の踊りは、青春のものだからね。」

「青春……? 青春というのも、解釈しだいでね。波子夫人の青春が、過ぎ去ったか、今もあるか、それは先生が最もよく、御存じのはずでしょうが……。」

と、いくらか皮肉に、

「あるいは、波子夫人の青春を、葬(ほうむ)るのも生かすのも、先生じゃないでしょうか。波子夫人の心の若さは、ぼくも知ってますが、体だって、日本橋のけいこ場で見ていますと……。」

矢木は横を向いて、北見に酒をついだ。

沼田も杯をふくんだ。

「お子さま相手の、おけいこをさせといちゃ、波子夫人は惜しいですよ。舞台に立たれたら、お弟子もうんとふえます。お嬢さんのためにもいい。親子の舞姫というので、宣伝がききますし、舞台へ売りこむのに、便利な時もありますよ。波子夫人にもそう言って、二人で踊ってる写真を、取らせようとしたんですが、逃げられちゃった。」

「おのれを知るものだね。」

沼田は言い返した。

「おのれを知らぬものですよ、舞台に立つ人はみな……。」

聖イグナチオ教会の鐘の鳴るのが聞えた。

「じつは、今夜、めずらしく先生に呼ばれたのは、波子夫人の返り咲きの、お話かと思って、ぼくは勇んで来たわけですがね。」

「ふうむ、そう……。」

「そのほかに先生の御用は、これと言って、ぼくには、考えられないものですから……。」

と、沼田は大きい目を、いぶかしそうに細めた。

「踊らせてあげなさい、先生。」

「波子から君に、そういう話をしているの?」

「ぼくは、大いに煽動(せんどう)しています。」

「迷惑だな。しかし、四十女(しじゅうおんな)が踊ったところで、君、次の戦争までの、短い間だ。」

矢木はあいまいに言って、北見と別な話をはじめた。

夕飯の献立は、八寸が、すっぽんの煮凍(にこご)り、からすみ、柿(かき)のきぬた巻き、作り身が、ぶりと柱貝、汁(しる)は白みそ仕立てに、あわふと銀なんを入れ、焼物はまながつおのみそづけ、煮物がうずら蒸し、ひたしものが根芋と黒皮だけ、それに台物として、たいのちりなべが出た。

沼田が帰るあいさつをしたので、矢木は時計を見た。

「先生の、例の時計か。合わないでしょう。」

「ぼくの持つ時計は、昔から、一分と狂っていたためしがない。」

そこにあるラジオに、スイッチを入れてみた。

「向う三軒両隣り、今月の作者は北条誠(ほうじょうまこと)でございます。」

矢木は時計を、沼田に見せた。

「七時の時報にぴったりだ。」

「つづいてニュウスをお伝えします。」

と言うラジオを、沼田は切って、

「朝鮮か……。先生、スタアリンは自分で、私はアジア人だ、と言ってますね。東方を忘れるな、とね。」

四人は一台の車で、幸田屋を出たが、北見は四谷見附の駅前でおりた。

車が赤坂見附から、国会議事堂の前まで来た時、矢木は沼田に、

「さっき君は、波子の返り咲きと言ったが、香山君はどうなの。復活出来ないの？」

「香山……？　あの癈人をですか。」

沼田は首を振った。太っているので、ゆっくりと、少し動かすだけだ。

「癈人とは、残酷だね。今、どうしているの。」

「まあ癈人でしょうね、舞踊家としては……。伊豆の田舎で、遊覧バスの運転手をしてるとか、聞きましたが、風のたよりですよ。ぼくは知りません。ああいう世捨て人は、こちらからさわらんことですな。」

と、沼田は振り向いて、

「お嬢さんはもう、おつきあいになってないでしょうね。」

「そう……。」

「しかし、それはわかりませんよ。」

と、高男がとげとげしく口を入れた。

沼田は突っ放すように言った。

「そいつは困る。高男さんからも、よく忠告なさい。」

「姉さんの自由があるでしょう。」

「舞台の人に、自由はありませんな。殊に、これからが大事な、若い人には……。」

「あんなに姉さんを、香山さんに近づけたのは、沼田さんじゃありませんか。」

沼田は答えなかった。

皇居の堀に沿うて、車は日比谷に向った。

矢木が思い出したように言った。

「そうそう、京都の宿でね、写真雑誌を見ると、竹原君の会社の、カメラの広告に、品子の写真が使ってあったが、あれも君の世話で……？」

「いや。古い写真じゃないんですか。竹原さんが、お宅の離れにいたころの？」

「そう……？」

「竹原さんとこは、カメラと双眼鏡とがあたって、景気がいいようですよ。カメラの宣伝のモデルに、品子嬢を、さかんに使ってもらえませんかな。」

「それは、行き過ぎだ。」

「この際、行き過ぎてみようじゃありませんか。波子夫人がひとこと、竹原さんにおっしゃれば……。」

「もう波子は、竹原とつきあっていないんだろう？」

「そうですか。」

沼田はぷつっと話を切った。

車は日比谷公園の裏角を、左に折れて、皇居の堀を渡った。

波子の竹原と乗った車が、ここで故障して、京都にいるはずの矢木に、波子がおびえた場所だ。五六日前のことだった。

沼田は東京駅で、別れて行った。矢木は横須賀線に乗ると、品川あたりまでだまっていて、それから眠った。北鎌倉に着いて、高男がゆり起こした。

円覚寺の門前の杉木立に、月があった。

その月を背に、線路沿いの小路を歩いた。

「お父さん、おつかれになっていますね。」

「ああ。」

高男は父のカバンを、左手に持ちかえて、寄りそった。

長いプラット・ホウムの、さくの影が小路につづいていたが、それを行き過ぎると、こんどは、人家のまきがきの影が、逆に線路の方へ落ちる。小路はなお細くなる。

「ここまで来ると、いつも、うちへ帰ったような気がするね。」

矢木はちょっと立ちどまった。

北鎌倉の夜は、山里の谷間のようだ。

「お母さんはどう……？　また、なにか売るって言ってた？」

「さあ？　ぼくはわかりません。」

「ぼくの今日帰るのは、知らないんだね？」

「ええ。今朝とどいた、お父さんのお手紙は、ぼくあてで、ぼくがポケットに入れて、出ちゃったから……。幸田屋で、電話をかけといてもらえばよかったですね。」

と、高男は声を曇らせたが、父はうなずいて、

「まあ、いいよ。」

小路の右のトンネルにはいった。山の端(は)が、片腕のようにのびて来たのを、掘り抜いて、近みちになっている。

トンネルのなかで、高男は言った。

「お父さん、戦歿(せんぼつ)学生の記念像を、東大の図書館前に立てようというのね、大学側が

ゆるしそうにないんですよ。お父さんに会ったら、これを話そうと思ってたんだ。彫刻はもう完成して、十二月八日に、除幕式をするはずなんですが……。」

「ふうむ。前にも聞いたようだね。」

「話しました。戦歿学生の手記を集めた、（遥かなる山河に）や（きけわだつみのこえ）という本が出て、映画にもなっていますね。その（わだつみのこえ）という意味で、記念像も（わだつみのこえ）と名づけられるでしょう。ノオ・モア・ヒロシマにも、通じるところがあって、平和の象徴なんです、悲しみと怒りとをこめた……。」

「ふむ。それで大学の意向は……？」

「禁止らしいです。日本戦歿学生記念会で、寄贈する像を、大学では受理しないという……。その理由は、この像が、東大生ばかりでなく、一般学生と大衆とを対象としていること、これまでの東大のしきたりで、学園に立てる記念像は、学術や教育に、大きい功労のあった人に限られていたこと、と言うんですが、この像の出来が、深刻過ぎるのも、いけないんでしょう。時勢によって変る、象徴の像で、もしまた学徒出陣ということになると、大学のなかに、非戦論風な、戦歿学生の像があるのは、困るんですかね。」

「ふうむ。」

「しかし、戦歿学生の墓標は、その魂のふるさとの学園に立てるのが、ふさわしいと思うんです。こういう記念碑は、オックスフォウド大学にも、ハアバアド大学にも、あるそうですが……。」

「まあ……、戦歿学生の墓標は、高男の胸のなかに、立てとくことだね。」

トンネルの出口には、山からしずくが落ちていた。そして、花やかな舞踊曲が聞えて来た。

「やってるね。毎晩、けいこか？」

「ええ。ぼく先きに行って、しらせて来ます。」

と、高男は走り出して、けいこ場にかけ上った。

「ただいま。お父さんが、お帰りですよ。」

「お父さま……？」

波子はけいこ着の上に、オウバアを羽織ろうとすると、青ざめて倒れかかった。

「お母さま。お母さま。」

品子は波子を抱きささえた。

「お母さま、どうなさったの？　お母さま。」

母をかかえるようにして、壁ぎわのいすへ行った。

波子は目をつぶって、隣りのいすの娘の胸に、頭をぐったりとさせた。

品子は母の体をオウバアにつつむと、左手を母の額にあててみた。

「つめたいわ。」

品子は黒のタイツに、トウ・シュウズをはいていた。けいこ着も黒で、脚がすっかり出る、短いすそに、フレヤアがあった。

波子は白のタイツをはいていた。

「高男、レコオドをとめて……。」

と、品子は言った。

「高男がおどかすからよ。」

高男も母の顔をのぞきこんでいたが、

「おどかしやしないよ。大丈夫……？」

と、品子を見ると、まゆをひそめた姉のまぶたに、あの興福寺の、沙羯羅のまゆ根を思い出した。

品子は髪をきゅっとつめて、リボンで結んでいた。姉も母も白粉気（おしろいけ）はない。けいこで汗になるからだ。

品子の上気した、ほおのばら色は、おどろきのために白くなって、深く澄むように光った。

波子が目をあいた。

「もういいわ。ありがとう。」

そして、胸を起こそうとするのを、品子は抱いて、

「もう少し、じっとして……。ぶどう酒でもあげましょうか。」

「いいわ。お水を一杯ちょうだい。」

「はい。高男、お水をちょうだい。」

波子は掌（てのひら）で、額とまぶたをこすりながら、しゃんと坐（すわ）った。

「くるくる踊って、アラベスクで立ってるところだったでしょう。そこへいきなり、高男が飛びこんで来るものだから……。くらくらっとして、軽い貧血よ。」

「もう大丈夫……？」

と、品子は母の手を、自分の胸にあてがって、

「品子だって、こんなにどきどきしているわ。」

「品子。お父さまを、お迎えに出てちょうだい。」

「はい。」

品子は母の顔色を見た。そして、けいこ着の上に、手早くスラックスをはき、セエタアを着こんだ。リボンをほどくと、手の指で髪をひろげた。

矢木は、高男が走って行ってから、ゆっくり歩いていた。

トンネルをくぐった山の端に、細高い松の群が立ち、さっき円覚寺の杉木立にあった月は、この松の上に来ていた。

沼田と決闘してやるなどと言う高男と、戦歿学生の記念像に力む高男とは、統一があるのか、分裂しているのか、父は不安で、足が重かった。

矢木の今の家は、前に波子のさとの別荘で、門はなかった。入口に小株のさざん花が咲いていた。

バレエのけいこ場は、母屋（おもや）と離れとの真中に、裏山の岩をけずって、小高く立ち、屋敷に君臨しているようだった。母屋にも、離れにも、明りがついていた。

「わが家は、電燈（でんとう）がただとみえる。」

と、矢木はつぶやいた。

## 寝ざめ目ざめ

矢木が京都から帰った、明くる日の朝飯、主人の前にだけ、伊勢(いせ)えびの具足煮が出ていた。矢木は手をつけないので、波子が言った。

「えびは召し上りませんの？」

「ああ……。おっくうだ。」

「おっくう……？」

波子はけげんな顔をした。

「私たちはゆうべいただいて、残りもので、すみませんけれど……。」

「ふむ。皮を取るのが、おっくうだ。」

そう言って、矢木は伊勢えびを見おろした。

波子は軽く笑いながら、

「品子、お父さまに、からを取ってあげなさいよ。」

「はい。」

品子は自分のはしを逆さにして、えびの身を突き出した。

「上手だね。」

と、矢木は娘の手つきをながめて、

「いせえびの具足を、歯でばりばりかみくだくのは、気持がいいが……。」

「人に皮を取らせると、味がないでしょう。はい、取れました。」

と、品子は顔を上げた。

矢木の歯は、伊勢えびのからがかめないほど、悪くなっているわけではない。また、不作法に、歯でばりばりやらなくても、はしを使えばいいわけだが、それもおっくうだと言うのを、波子はおやと思った。

まさか、年のせいではあるまい。

焼きのりも、矢木が京都でもらって来た、高野豆腐(こうやどうふ)と湯葉(ゆば)の煮つけも、出ていたから、具足煮に手をつけなくても、すむわけだろうが、矢木はほんとうにおっくうらしかった。

しばらくぶりで家にもどって、気が休まって、不精ったらしいのだろうか。矢木は毒気が抜けたように見えた。

それともまた、ゆうべのつかれかと思うと、波子は顔が火照(ほて)って来そうで、うつ向いた。

しかし、そのはにかみはつかのまであった。うつ向いた時にはもう、胸の底が冷えていた。

波子は今朝、よく眠って起きて、頭がきれいにさっぱりしていた。体もいそいそと動くようだ。

三寒四温の温に向いたか、近ごろになく、小春日和になりそうな、朝でもあった。

バレエのけいこで運動しているから、波子は食事のすすむ方だが、今朝は飯の味まで、いつもとちがうようだ。

それにも波子は気がつくと、たちまち味がなくなった。

「今日はめずらしく、きものを着てるんだね。」

なにも知らない、矢木は言った。

「京都はやはり、和服が多いね。」

「そうでしょうね。」

「お父さま、東京でも、この秋は、きものを着るのが、はやって来ましたのよ。」

と、品子は言って、母のきものを見た。

きものを着たのも、そうは思わないで、夫に見せるためだったのだろうかと、波子

は自分におどろきながら、

「二三日前に来た、ごふく屋の話ですけれど、戦争の始まる時には、漆と絞りとが、よく売れるんですって……。」

「漆や絞りというと、つまり、ぜいたく品だな?」

「総絞りは、五六万もしますから。」

「ほう? お前も今まで持っていて、売ればよかったね。早まったな。」

「古着はもうだめですわ。さがりました。お話にならないくらい……。」

波子は下向いたまま言った。

「そうか。新品が自由に買えるからな。不自由でなくなると、凝ったものとか、高いものとか、女の虚栄心に、ごふく屋がつけこんで来るんだね。」

「ええ。でも、この前の戦争が始まるころに、漆や絞りがはやって、こんどまた、売れ出して来ましたから……。」

「まさか、漆や絞りのきもので、戦争が起きるわけもないだろう。前のは戦争の景気でね、こんどは、戦争で長いこと、着られなかったからじゃないのか。ぜいたくなきものが、もし戦争の前兆だとすると、女のあさはかさを現わして、まさしく漫画だね。」

「男の方の身なりだって、ずいぶん変りましたわ。」

「そうね。しかし、帽子なんかも、いいものは売ってないな。アロハ・シャツ風のが多くてね。」

と、矢木は番茶の湯のみを持って、

「あの、ぼくの好きな、チェッコ製の帽子も、お前がよくたしかめないで、いい加減なせんたく屋に出すもんだから、水洗いされて、ベロアの毛を、だめにしちゃった。」

「終戦後、すぐでしたから……。」

「買いたくても、今はないね。」

「お母さま。」

と、品子が呼んで、

「文子さんからね、学校のお友だち、おぼえてらっしゃるでしょう……、クリスマスのパアテイに着る、イヴニングを貸してちょうだいって、お手紙が来たのよ。」

「クリスマスとは、早手まわしね。」

「それがおもしろいの。私の夢を見たんですって……。品子が洋服を、たくさん持っている夢なのよ。品子の洋服だんすに、薄紫と薄いピンクのブラウスが、ずらっと三十着ほど、かかっているんですって……。レエスの飾りがきれいなの。もう一つの洋服だんすは、スカアトばかりかかっていて、それがみんな白で、ピケもあるのよ。」

「スカアトも三十枚……？」

「スカアトは二十枚くらいでしょうと、書いてあったわ。みんな新しいのよ。そういい夢を見たので、多分、品子さんは、イヴニングも、なん枚もお持ちでしょうと思うから、貸してほしいとおっしゃるの。夢のお告げなんですって……。」

「だけど夢に、イヴニングは出ないんでしょう。」

「そう。ブラウスとスカアトばかりよ。私が、いろんないしょうを着て、舞台で踊るのを、御覧になってるから、自分の洋服も、たくさん持っているように、思いちがいなさるのよ。」

「そうね。」

「楽屋では裸ですと、お返事を書いたわ。」

波子はだまって、うなずいた。さっきはすがすがしかったのが、頭のなかから、どんよりと気(け)だるくなって来た。やはり、ゆうべ、旅帰りの夫を迎えた、つかれであろうか。

波子はなさけなかった。

矢木が少し長い旅からもどった夜など、波子はなにかしら、用もない片づけものをしたりして、寝につかないこともある。

「波子、波子。」

と、矢木は呼んで、

「いつまでも、なにを洗ってるんだ。一時になる。」

「はい。御旅行のよごれものだけ、洗っておきます。」

「明日洗えばいいじゃないか。」

「おカバンから出して、まるめておくのは、きらいですから……。朝になって、女中に見られると……。」

波子は裸で、夫の膚着(はだぎ)を洗っている、その自分の姿に、なにか罪人の思いがあった。もうふろの湯は、ぬるくなっていた。わざと波子は、ぬるい湯にはいるかのようだ。下あごから、がたがたふるえて来た。

寝間着で鏡に向っても、ふるえつづけていた。

「なんだ、ふろにはいって、つめたくなって……。」

と、矢木はあきれたように言った。

このごろでは、波子は自分をおさえるのだが、矢木はそれを知らぬふりで、こころえていた。

波子は夫になにかしらべられるような、しかし罪の思いはゆるめられるような、そして突きはなされたような、そういううつろにしばらくいるところを、またゆりかえされて、こんどは、閉じた目のうちに、金の輪がくるめき、赤い色が燃えるのだった。

昔のこと、波子は夫の胸に顔をすりよせて、

「ねえ、金の輪が、くるくる見えるのよ。目のなかが、ぱっと真赤な色になったわ。死ぬのかと思ったわ。これでいいの？」

と、言ったことがあった。

「私、気ちがいじゃないの？」

「気ちがいじゃない。」

「そう？　こわいわ。あなたはどうなの？　私とおなじなの？」

と、取りすがるように、

「ねえ、教えて……。」

矢木が落ちついて答えると、

「ほんとう？　それならいいけれど……。うれしいわ。」

波子は泣いていた。

「しかし、男は女ほどじゃないらしいね。」

「そうなの……？　悪いわ。すみません。」

そのような問答を、今思い出すと波子は若い自分がいじらしくて、涙がこぼれる。

今も金の輪と赤い色の見えることはあるが、いつもではない。また、素直にではない。

今はもう、幸福の金の輪ではなくなってしまっている。すぐ後に、悔恨と屈辱とが胸をかむ。

「これが最後だわ、絶対に……。」

波子は自分に言い聞かせ、自分にいいわけする。

しかし、考えてみると、二十幾年ものあいだ、波子は夫を、あらわにこばんだことが、一度もなかったようだ。無論、こちらからあらわにもとめたことは、一度だってない。なんという奇怪なことだろうか。

男と女とのちがい、夫と妻とのちがい、おそろしいほどのちがいではないのか。

女のつつしみ、女のはにかみ、女のおとなしさ、どうしようもない、日本の因習にとざされた、女のしるしなのであろうか。

波子はゆうべ、ふと目ざめると、夫のまくらもとを手さぐりして、あの時計を押してみた。

三時を打ち、それからちちちんちちちんちちちんと、三度鳴った。四十分から五十五分のあいだらしい。

この時計の音を、高男は、小さいオルゴオルのようだと言うが、矢木は、

「北京（ペキン）の人力車の鈴を、思い出すね。ぼくの乗りつけの車には、こういういい音の鈴がついていた。北京の人力は、かじ棒が長いから、そのさきの鈴は、走っていると、遠くで鳴るように聞えるんだ。」

と言うことがある。

この時計も、波子のさとの父の形見だ。

お父さまの音がすると、母が惜しがるのを、矢木はねだって取った。

今夜のように、木枯（こがらし）の音の寝ざめなど、ひとり老いた母が、この時計を鳴らしてみたらと、波子は思った。生きていた夫と、まくらもとに聞いた、やさしい音を、母はどんなになつかしがるだろう。

この時計の音に、高男が父を感じるように、波子はまた自分の父を感じるのだった。

高男が生れるよりもずっと前、波子が少女のころからの、古い懐中時計だ。この音は、高男の幼い日の思い出を誘うように、母の波子も、幼い日の思い出を誘われるのだった。

波子はまた時計を手さぐりして、今度は自分のまくらの上において、鳴らせてみた。

「ちんちんちん、ちちん、ちちん、ちちん……。」

そのあとは、裏山の松に、木枯が聞えた。

家の前の高い杉木立にも、風の音があるようだ。

波子は矢木に背を向けていて、合掌した。暗やみだが、ふとんのなかに、手をかくして、合掌した。

「なさけないわ。」

竹原と皇居の前にいて、遠く離れた夫を恐怖し、ゆうべは、夫の帰りを突然聞いて、貧血を起こしたほどだったのに、波子のひそかな抵抗は、たくみにやぶられてしまった。

今、波子が合掌したのは、そのためであったが、しかし、そのためばかりではなかった。竹原にたいするしっとが、心にゆらめいたからでもあった。

さっき寝入る前にも、波子は竹原をしっとして、自分でおどろいたのだった。

長くよそにいてもどった夫に、波子は疑惑が起きないし、しっとも起きない。それはいいとする。ところが、夫を迎えた女の、その悔いのなかで、波子は夫にはしっとを感じないで、思いがけなく、竹原にしっとを感じたのだった。なまなましいしっとで、胸苦しいこころよささえあった。

今また、夜半の寝ざめに、そのしっとがゆらめいて、波子は合掌しながら、

「会ったこともない人に……。」

と、つぶやいた。竹原の妻のことだ。

人に見られないで、合掌することは、「仏の手」を踊ってから、波子のくせになっていた。

「仏の手」は合掌に始まり、合掌に終る。いろいろ仏の手の形を、踊るあいだにも、合掌がはいっていて、腕の動きの組み合わせを、合掌でまとめられていた。

「……あなた方のあいだには、いったい、しっとがあるのかないのか、おたがいに、それらしい気ぶりも見せないのは、はた目には、なにか不気味ですね。」

と、竹原に言われて、波子はだまっていたが、その時も、胸がしっとにふるえたものだ。夫にたいしてのしっとではなく、やはり、竹原にたいする、しっとだった。竹

原の家庭の話に、踏みこんでゆけないのが、波子はもどかしかった。

しかし、夫を迎えた夜の寝ざめにまで、竹原の妻をしっとしようとは、波子も思いがけなかった。夫が波子の女をゆりおこすと、よその男にたいする、しっとが目ざめるのだろうか。

「罪人じゃないわ。私は罪人じゃない。」

波子は合掌しながら、つぶやいた。

ところが、自分を罪人のように思うのも、夫にたいしてのことなのか、竹原にたいしてのことなのか、波子はよくわからなかった。

波子は遠くに合掌して、竹原にわびていた。おのずと心が、そっちへ向いてしまう。

「おやすみなさい。どんな風に、やすんでらっしゃるの？ どんなお部屋で……？ 見たこともなくて、私は知らない。」

そして、波子はまた寝入った。その深い眠りは、夫に与えられたものだ。

今朝目ざめて、さっぱりと軽いのも、やはりそうであった。

波子の起きたのが、いつもよりおくれて、朝飯もおくれた。

「お父さん、今日は、午前の講義の日でしょう。お出になるんでしたら……？」

高男が父をうながすように言った。

「うん。お前、まあ先きに行ってくれ。」

「そうですか。ぼくも、休んでもいいんだけど……。」

「だめだよ。」

高男の立って行くのを、矢木は呼びとめた。

「高男。昨夜の話の、戦歿（せんぼつ）学生の、記念像ね、学校では、思想的背景を、おそれてるんじゃないのか。」

品子も女中の手つだいに、台所へ出た。

新聞を見ている矢木に、波子が言った。

「コオヒイを召し上りますか。」

「そうね。朝は、飯前でないとほしくない。」

「私たちも、東京のけいこ日で、出かけますけれど……。」

「私たちの、けいこ日は、知ってるよ。」

と、矢木はいくらか皮肉に、

「まあ、久しぶりにうちで、ゆっくり日なたぼっこを、させてもらおう。」

母屋（おもや）と離れとのあいだのけいこ場は、もと、矢木の書庫として立てたものだった。

読書室を兼ね日光室ともなるように、厚いカアテンの南は、いっぱいのガラス窓だった。

そこの書だなを片づけると、ちょうどバレエのけいこ場に使えた。

矢木も年のせいか、読み書きには、日本間がよくなって、娘のけいこ場にするのを、反対ではなかった。

でも矢木が、日なたぼっこと言うのは、もとの書庫でという意味だった。

波子がなんとなく座を立ちかねていると、矢木は新聞をおいて、

「波子。竹原君に会ったんだろう。」

「会いました。」

つまずいて声を出すように、波子は答えた。

「そう……？」

と、矢木はおだやかで、なにげなく、

「竹原君は、元気だった？」

「お元気でしたわ。」

波子は矢木の顔を見たまま、目がはなせなかった。その自分の目が気にかかると、まぶたの裏に、涙がにじみそうで、まばたきをしたかった。

「元気なんだろうね。双眼鏡と写真機で、竹原君は景気がいいという話だ。」

「そうですか。」

波子は少し声がかすれそうだったので、言い直すように、

「そんなお話は、聞きませんでしたけれど……。」

「波子には、商売の話はしないさ。昔から、そうだったじゃないか。」

「ええ。」

波子はうなずいて、目をそらせた。

紙障子にはめた、ガラスから見える庭に、杉木立の影が落ちていた。杉の木末の影だった。

裏山からおりた、こじゅ鶏が三羽、その影にはいったり、日なたに出たりするように、歩いていた。

波子は、胸のどきどきするのがおさまると、水落ちから、かたくなって来た。

しかし、夫の顔には、温いあわれみがあったかのように、波子は思った。庭の野鳥をながめながら言った。

「もしかすると、離れを売らなければならないかもしれませんの。それで、竹原さんがしばらく、離れにいらしたんですから、ちょっとお話しておきたいと思って……。」

「ふうむ、そう……？」

そして、矢木はだまりこんだ。

矢木の「ふうむ……？」は、考え深そうに見せておいて、そのあいだに、打算するのだと、竹原に言ったことを、波子は思い出した。

果して今も「ふうむ、そう……？」で、おかしくなるはずだが、波子はつらくなった。竹原にそれまで夫を悪く言った自分が、恥ずかしく、いまわしかった。

「でも、ずいぶん御丁寧なことだね。」

と、矢木は笑って、

「竹原君を、離れにおいてやっていたからと言って、その離れを売るのに、竹原君のおゆるしをもとめるとは、妙な礼儀をつくすもんじゃないか。」

「ふむ、竹原君にたいして、波子の気がすまないというわけか。」

「おゆるしをもとめるというわけじゃありませんわ。」

波子は針をさされた。

「まあいい。離れのことは、ぼくはいやだ。宿題にしとこう。」

と、矢木はむしろ波子をなだめるように、

「出かけないと、けいこがおくれるんじゃないのか。」

波子は電車のなかでも、ぼんやりしていた。

「お母さま、コカコラの車……。」

品子に言われて、外を見ると、横腹の赤い箱車が走っていた。

保土ヶ谷駅近くで、枯草の丘に、警察予備隊の募集広告が、目にとまった。


東京の行き帰り、いつも矢木は、横須賀線の三等だった。

それで、波子も三等に乗るが、ときどきは二等にした。三等の定期券と、二等の回数券と、両方持っていた。

品子は練習がはげしく、舞台がだいじだから、つかれさせぬために、母がいっしょだと、たいてい二等に乗せた。

しかし、二等車へはいる前に、三等車の混みようを、なんとなく見るのだが、今日は品子に、「コカコラの車」と言われるまで、波子は二等車にいることも、気がつかなかった。

品子は無口な時が多い娘で、電車のなかなどでは、あまり話しかけない。

波子は隣りの品子も忘れて、わが身の上から、人の身の上に、あれこれ思いめぐらせていたのだった。

ぜいたくと言われた女学校を、波子は出ていて、名家や富家にとついだ、友だちが多かった。そういう家庭は、敗戦による、転落がはなはだしく、また、所帯じみないで来たために、中年の女になりながら、旧道徳の動揺に、よけいもまれた。

波子と矢木の場合のように、夫をあてにしないで、妻のさとの仕送りに頼って、暮していた友だちも、少くなかったが、そういう夫婦も、おおかた安定をうしなった。

「結婚はみんな、一つ一つ非凡のようですわ。……平凡な人が二人寄っても、結婚は非凡なものになりますのよ。」

と、波子が竹原に言ったのには、これらの友だちの例を見た、実感がこもっていたのだ。

夫婦生活を守る、古い垣根(かきね)と土台とがくずれたので、平凡なからをやぶって、本来の非凡が、あらわに出た。

人間は自分の不幸によってよりも、他人の不幸によって、あきらめを教えられるものだというが、波子の教えられたのは、あきらめばかりではなかった。人のことにおどろいて、わがことに目ざめもした。

一人の友だちは、ほかの男を愛したおかげで、その人と別れた後に、初めて夫と結婚のよろこびを知った。また一人の友だちは、二十代の恋人のせいで、夫にたいしても急に若返ったが、若い男に遠ざかると、夫にも冷やかになってしまって、かえって疑われたから、またよりをもどして、夫にそそぐ愛を、よその泉からくんで来ている。どちらの友だちの夫も、妻の秘密はかぎつけていない。

波子の友だちが集まっても、こんな打ち明け話をすることは、戦争の前にはなかった。

電車が横浜を出てから、波子は言った。

「今朝ね、お父さまが、伊勢えびにはしをつけようとなさらなかったでしょう。残りものだったからじゃないかしら……？」

「そうじゃないわ。」

「お母さまは今、思い出したことがあるのよ。私たちが結婚して、間もなくだったわ。お客さまに出したお菓子を、後で、お父さまがつまもうとなさるから、残しものはおよしなさいと、ついきつく言ったの。お父さまは妙な顔をなさったわ。でも、考えてみると、銘々皿（めいめいざら）に取りわけたお菓子は、お客の残しもので、なんだかきたなくて、大きいお皿に盛って出したのは、残されても、感じがちがうなんて、おかしな話ね。私たちの習慣や礼儀には、こんなことが多いのよ。」

「ええ。でも、えびはちがうわ。お父さまがちょっと、お母さまにあまえてらしたんでしょう？」

波子は新橋駅で、品子と別れると、地下鉄に乗りかえて、日本橋のけいこ場へ行った。

一昨年から、品子は大泉バレエ団にはいって、その研究所に通っていた。

波子もバレエを教えているが、品子のために、娘を母から離したのだ。

品子はよく日本橋のけいこ場に寄った。北鎌倉のうちでは、母の代げいこをすることも、たまにあった。

しかし波子は、娘をあずけた研究所へは、めったに行ってみなかった。大泉バレエ団の公演の時も、なるべく楽屋に顔を見せぬようにした。

波子のけいこ場は、小さいビルジングの地下室だった。

矢木が、伊勢えびのからを、人に取らせたのは、あまえる気持だろうと、品子の言ったのを、波子はそんな見方もあったのかと考えながら、地下室におりて行った。

とびらのガラス越しに、助手の日立友子が、マップで床をふいているのが見えて、波子は立ちどまった。

友子は黒のオウバアを着たまま、働いていた。えりが古い型に開いて、フレヤアのないすそも、短かめだった。品子より背が低いから、その古をやって、すその寸法は目立たぬかと思ったのが、やはり流行におくれていた。

「御苦労さま。早いのね。」

と、波子はなかにはいって、

「寒いから、ストオブをつけてなさいよ。」

「お早うございます。動いてると、熱いんですの。」

気がついたように、友子はオウバアを脱いだ。

セエタアは古い毛糸の編み直しで、スカアトも品子の古だった。

友子の踊りには、姿も動きも、品子よりしなやかな美しさがあって、波子のけいこの助手をさせておくのは惜しいから、品子といっしょに、大泉バレエ団へゆくようにと、波子はすすめ、品子も誘うのだが、友子はただ、波子のそばにいたいと、言い通して来た。恩義のためばかりではなく、波子につくすのが、友子の幸福であるかのようだ。

品子の舞台の日など、友子がつききりで、化粧や着つけの世話を、まめまめしくするのだった。

友子は品子より三つ上の、二十四だった。

一重まぶただが、ときどき、つかれたような二重まぶたになった。

ガス・ストオブの前で、波子の脱いだ、オウバアを受け取って、今日の友子は、二重まぶたになっていた。泣きながら、床をふいていたのだろうかと、波子は思った。

「友子さん、あんた、なにかつらいことがあるのね。」

「はい。あとでお話しします。今日じゃなく……。」

「そう？　あんたのいい時にね……。でも、なるべく早くがいいわ。」

友子はうなずいて、向うに行くと、けいこ着にかえて来た。

波子もけいこ着になった。

二人でバアにつかまって、プリエ（脚の屈折）を始めたが、友子はいつもとちがっていた。

朝から冷たい雨、波子は自宅のけいこ日で、午前は友子のために、品子の古着を縫い直していた。

鎌倉(かまくら)、大船(おおふな)、逗子(ずし)あたりの少女たちが、学校の帰りに、けいこに来る。二十五人ばかりで、組分けするほどではないし、小学生から高等学校生まで、年がまちまちだし、来る時間がそろわないし、波子が教えにくくて、くたびれもうけのように思えるが、生徒の数はふえてゆきそうで、いくらかの足しにもなった。

しかし、けいこの日は、夕飯もおくれる。

「ただいま。」

品子がけいこ場へ上って来て、頭にかぶっていた、白い毛糸のネッカチイフを取った。

「寒いわ。東京は、ゆうべからみぞれで、朝は、屋根や庭石が白かったんですって……。友子さんと、いっしょに帰ったのよ。」

「そう……?」

「友子さんが、研究所に寄って下さったの。」

「先生、今晩は……。今日もお会いしたくなって……。」

と、友子は入口に立って、波子に言うと、生徒たちにも、

「今晩は。」

「今晩は。」

と、少女たちも答えた。みな友子を知っていた。

品子がはいって来たことで、目を生き生きとさせる、少女もあった。

「友子さん、お湯にはいって、あたたまるといいわ、品子とね。私も、あと少しです

みますから。」

そう言って、波子が少女たちの方に向き直ると、友子はうしろに寄って来て、

「先生、私もいっしょに、おけいこさせていただきますわ。」

「そう? それじゃ、友子さんに、ちょっと代ってもらおうかしら……。あんたの御飯を、見て来るわね。」

自然の岩盤に刻んだ段々をおりながら、品子はささやいた。

「お母さま、友子さんに、なにかあるのよ。今日、お母さまが東京にいらっしゃらなかったら、さびしくて、いられないらしいの。」

「一週間くらい前から、なにかあるのよ。今日は、それを話しに来たんでしょう。」

「どういうこと……?」

「聞かなければ、わからないわ。」

「友子さんに、品子のもう一つのオウバアを、あげてもいい?」

「いいわ。そうしてあげてちょうだい。」

波子は二三段おりてから言った。

「お母さまは、あの人の世話が出来ないのよ。友子さんとこは、たった二人きりなのに……。」

「お母さんとね……？ 友子さんのお母さんも、働いてるんでしょう？」

「そう。」

「二人をうちへ引き取って、見てあげたら、どうなの。」

「そう簡単な話じゃありませんよ。」

「そうでしょうか……。うちへ帰る、電車のなかでも、友子さんは悲しそうに、私のことを見ていたりするのよ。ネッカチイフを深くかぶってたけれど、編み目があらいでしょう、品子も毛糸のすきまから、見られていることがわかるの。でも、知らんふりして、見られていたわ。」

「品子は、そういう人だから……。」

「私の手を、じっと見てるのよ。」

「そう？ あの人は、いつも、品子の手をきれいだと、思っているからでしょう？」

「ちがうわ。悲しい目をして、見ていたわ。」

「自分が悲しいから、美しいと思うものを、じっと見てたんでしょう。あとで、友子さんに聞いてごらん。」

「そんなこと、聞けない……。」

品子は立ちどまった。

二人は庭におりていた。雨は細くなっていた。

「なんの絵だったかしら、日本の美人画で、顔の大きい絵よ。きれいな毛描きで、上まつ毛を、目のなかへ、黒目にとどくほど、長く描いたのがあったけれど……。」

と、品子は句切って、

「友子さんの目を見ていて、思い出したのよ。」

「そう？　友子さんのまつ毛は、そんなに濃くはないけれどね。」

「伏目になると……。上まつ毛の影が、下のまぶたにうつるわ。」

けいこの足音がするのを、波子は見上げて、

「品子も、いてあげなさいよ。」

「はい。」

品子は身軽く、雨にぬれた岩の足場を、のぼって行った。

夕飯前に、品子は友子を、湯殿へ誘って、友子がオウバアを脱ぐと、うしろから友子の肩に、別のオウバアを着せかけた。

「手を通してみて……。」

友子はけいこ着のままだった。

「着られたら友子さん、着てちょうだい。」

友子はおどろいて、肩をすくめた。

「あら、だめよ。いけません。」

「どうして……？」

「いただけないわ。」

「もう、お母さまにも、そう言ったのよ。」

品子は手早く脱いで、なかにはいった。

友子は後から来て、湯船のふちにつかまりながら、

「矢木先生は、もうおすみになったの？」

「お父さま？　はいったでしょう。」

「お母さまは……？」

「お台所。」

「お先きにいただいては、悪いわ。流すだけにするわ。」

「いいわよ、そんなこと……。寒いから。」

「寒いのは平気……。水で汗をふくことに、なれてるんですもの。」

「踊った後では……。」

と、品子は沈み過ぎたか、髪のさきがぬれたのを振って、手でしごくと、

「うちのおふろは、狭いでしょう。焼けた、東京の研究所は、湯殿が広くて、よかったわね。流しで踊れて、小さい時に、よく友子さんと、裸で、踊る真似(まね)をしたじゃないの。おぼえてる？」

「おぼえてる。」

おうむ返しに言いながら、はっと身を縮めると、あわててかくれるようにして、友子は湯につかった。

そして、両手を顔にあてた。

「品子が自分の家を立てる時には、また湯殿を大きくつくるわ。のびのびして……、今でも、踊りの真似くらい、するかもしれないわ。」

「あの時分から、私は色が黒くて、品子さんがうらやましかったけれど……。」

「黒くはないでしょう。味のある色って言うのかしら……。」

「あら。」

友子は恥じらうと、なんとなく品子の手を取ってながめた。品子はけげんそうに、

「どうしたの？」

「どうもしない。」

と、友子は言いながら、品子の片手を、自分の左の掌にのせて、右手で品子の指のさきをつまんで、ながめ、そして、品子の手を返して、こんどは、手のひらの方をながめた。やさしくさわって、すぐ放した。

「宝ものね。優雅な魂の手だわ。」

「いやよ。」

品子は手を、湯のなかにかくした。

友子は湯から、左手を出すと、小指をくちびるのはしまで、近づけて、

「こうしてらしたでしょう？」

「え？」

もう友子は、自分の手を、湯に沈めて言った。

「電車のなかで……。」

「ああ。こう……？」

と、品子は右手を持ち上げると、ちょっと迷ってから、人差指と中指とのさきを、くちびるよりも斜め下に、軽く触れて見せて、

「こう……？　中宮寺の観音さま……？　広隆寺の観音さまは……。」

「ちがう。右じゃなく、左手だったわ。」

と、友子が言ったが、品子はもう、薬指のさきを、親指の腹につけて、その観音か弥勒(みろく)かの、手つきをしていた。

そうして、顔もおのずと仏の思惟(しい)に誘われて、こころもちうつ向き、しずかに目を閉じていた。

友子はあっと声をのんだ。

しかし、つかの間で、品子は目をあいた。

「右じゃないの？ 右でないと、おかしいわ。」

と、友子を見て、

「広隆寺の、もう一つの観音さまは、中宮寺の指と似ていて、御物の金銅仏(こんどうぶつ)で、頭でっかちの、如意輪観音は、指を真直ぐ伸ばしたまま、こうよ。」

そう言いながら、こんどは無造作に、品子はその指さきを、右あごの下につけた。

「お母さまの踊りの真似で、おぼえたのよ。」

「そんな、仏さまの姿じゃなく、品子さんの、自然の手つきをしていたのよ。左手をこうして……。」

と、友子はさっきのように、左手の小指を、くちびるの端近くにつけた。

「ああ、こう……。」

品子もその通りにしたが、

「仏さまは右手だから、人間は左手なんでしょう。」

と、笑って、湯船を出た。

友子は湯のなかに、残っていて、

「そうね。人間はもの思いの時、左手のほお杖が多いかしら……。帰りの電車でも、品子さんが、こうなさってると、手の甲の白いところへ、手のひらも桜色に光って、くちびるが引き立つのよ。」

「いやよ。」

「ほんとう。つぼみのように、くちびるが浮き出て見えたわ。」

品子は下向いて、足を洗っていた。

「いつもそうしていましょう。これだって、気がつかないで、お母さまの踊りの、真似かもしれないわ。」

「品子さん、広隆寺の仏さまの手を、もう一度……。」

「こう……?」

品子は胸をおこし、まぶたを合わせ、親指とべに差し指とで輪を描いて、ほおに近づけた。

「品子さん、(仏の手)を踊りなさいよ。そして私に、仏を礼拝する、飛鳥乙女を踊らせて……。」

「だめよ。」

品子は首を振って、仏の姿をくずした。

「あの観音さまは、胸がぺちゃんこよ。お乳がないわ。男じゃないの？——女人を救う願なきを……。」

「まあ？」

「おふろのなかで、仏さまのお姿を、真似したり、勿体ないことでございます。そんな心がけでは、(仏の手)は踊れません。」

「まあ。」

友子は夢からさめたように、湯船を出た。

「私はまじめに、お願いしてるのよ。」

「品子だって、まじめに言ったのよ。」

「それは、そうでしょうけれど、私のために、踊ってほしいわ。」

「ええ。品子にも、仏ごころが、少しは出来てからね。日本の古典も、踊りたくなったら、いつかは……。」

「いつかはでは、だめ……。明日、死ぬかもわからないでしょう。」

「だれが、明日死ぬの？」

「人間が……。」

「そうね。しかたがないわ。もし、明日死んでしまったら、今夜、おふろのなかで、ちょっと真似をしたのを、(仏の手)を踊ったことに、しておきましょう。」

「そうでしょう。それを、真似だけでなく、踊ろうと思ったことになれば、なおいいわけよ。明日死んでも……。」

「明日は死なないわ。」

「死ぬと言うのは、もののたとえよ。明日と言うのも……。」

「夜半(よわ)に嵐(あらし)の……。」

と、言いかかって、品子は口をつぐんで、友子を見た。

目の前に、生きた友子の、裸があった。友子は品子にくらべて、黒いと言うけれども、品子から見ると、友子の膚(はだ)の色は、ところによって、微妙な変化と濃淡とがあった。たとえば、首は小麦色で、胸のふくらみは、根からさきにゆくにつれて、白くなり、水落ちにはまた、ほのかにかげる色があった。

「女人を救う願なきを、って、品子さんは、本気で言ったの?」

と、友子はつぶやいた。

「さあ? じょうだんに言ったのでもないわ。」

「二人で、(仏の手)を、踊りましょう。私にも踊らせて……。お母さまの(仏の手)は、ソロ(独舞)だったけれど、仏を礼拝する、飛鳥乙女が、一人出ても、いいと思うわ。作曲に少し、書き加えてもらって……。」

「拝む踊りのある方が、仏の踊りは楽でしょうね。ごまかしがきくから……。」

「ごまかしと言うんじゃなく……。品子さんを拝む、私の踊りが、品子さんの仏の踊りを、こわすか、引き立てるか、自信はないけれど、礼拝の乙女の踊りを、品子さんと二人で、一生懸命に振りつけましょうよ。お母さまに教えていただいて……。」

品子は友子に、やや気押(けお)されて、

「いくら踊りでも、拝まれるのは恥ずかしくて、とても……。」

「品子さんを拝んで、私は踊りたいの。青春の友情の形見に……。」

「形見……?」

「そう。私の青春の形見に……。今だって、その目をつむると、品子さんのまぶたは、仏さまのまぶただったわ。あれでいいのよ。」

と、友子は早口に言い直したが、母や自分から、友子が近いうちに、離れて行くのだと、品子は感づいた。


夕飯のあとを、友子も台所に出て、手つだっているところへ、波子が来て、

「お父さまは、ニュウスを聞いて、ひどくゆううつらしいから、ここがすんだら、品子の離れに、行っていてちょうだい。お父さまの、例の戦争恐怖症……。」

と、小声で言った。

「この次の戦争までの命だと、おっしゃってね。」

品子たちは、もの音をとめたが、ラジオの七時のニュウスは、終っていた。

「お台所で、なにを陽気に、はしゃいでるんだと、御機嫌が悪いの。」

品子は友子と顔を見合わせると、

「戦争は、私たちが起こすんじゃないもの……。」

中国共産軍が、二十万の上、国境を越えて、朝鮮にはいり、国際連合軍が、総退却をはじめて、十一月二十八日、マッカアサア司令官は、「われわれは、まったく新しい戦争に直面して」、「朝鮮戦乱が急速に終結すると考えていた願望は、遂に打ち砕か

れてしまった。」と声明した。その四五日前には、国連軍が、国境近くまで迫って、最後の総攻撃にうつろうとしていたのだった。形勢はたちまち逆転した。アメリカ大統領は、十一月三十日、記者会見で、「政府は朝鮮の新たな危機に処するため、必要とあらば、中共軍に対して、原子爆弾の使用を考慮中だ。」と語った。イギリス首相は、アメリカに渡って、大統領と会談すると言った。

波子は二十分ほどおくれて、品子の離れに来た。

「雨がやんだけれど、そとは冷えそうよ。友子さん、泊まってゆくんでしょう。」

「ええ。」

と、品子が代りに答えて、

「そのつもりで、いっしょに帰ったのよ。」

「そう？」

波子も火ばちに寄って坐ると、そこにおいた、オウバアを見た。

「品子、それ、友子さんに、着てもらうことにしたの？」

「ええ。でも、なかなか、着てもらえないのよ。友子さんはね、戦争後に、品子がオウバアを、三つつくって、その三つのうちの二つまで、取りあげるのは、悪いと言うの。もっともらしい計算……。」

「計算じゃないわ。」

と、友子はさえぎって、

「これから、雪のこともあるし、代りがないと、お困りでしょう。品子さんは、楽屋入りやなんかに、よごれたオウバアを、着ていらっしゃれないんですから……。」

「いいのよ。じつは、私も今朝から、品子の古服を、直してみたんだけれど……。」

波子は一息して、あとをつづけた。

「でも、古オウバアや、古着なんかでは、どうにもならないことなんでしょう。友子さんの、つらいことというのは……。今夜は、話しなさいよ。」

「はい。」

「私が力になれることなら、どんなことでもするわ。どんなことでも、今まで、私にして来てくれたのは、友子さんの方で、私じゃなかったけれど、あんたがそばにいて、私につくしてくれる年月は、私の一生のうちでも、貴い時間だと、そうは思っていたのよ。この時間は短くて、いつまでも続くものでないから、あんたをだいじにしなければ、とね。友子さんが、結婚したって、それで終る時間ですもの。」

「しかし、友子さんの悩みは、結婚というようなものじゃないわね。」

友子はうなずいた。

「私は子供の時から、人の好意や親切に、なれ過ぎて来たところがあって、友子さんの心づくしにも、あまえ過ぎているのは、自分でよくわかるから、あんたが早く結婚して、私を離れてゆくといい……。そう思うこともあるのよ。」

と、波子は友子を見て、

「あんたの結婚も、成功も、生活も、まるで私のぎせいに、しかねないんですもの。あんたは、わき目もふらないで、私に献身して来てくれたでしょう。」

「ぎせいだなんて、そんな……。こうして先生に、すがっているのが、私の生きがいですわ。先生や品子さんの、お世話になるばかりでしたけれど、少しでも先生に、献身らしいことが出来たら、しあわせだと思いますわ。献身だけが、私の幸福ですわ、信仰のない身には……。」

「そう？　信仰のない身には……？」

友子の言葉を、波子はくりかえしてみて、自分も考えるように、

「そう言えばね……。」

品子がつぶやいた。

「戦争がすんだ時、品子は十六で、友子さんは十九だったわね、数え年で……。」

「信仰のない身、というような、言い方をする、友子さんは、私にたいしても、全力をささげてくれる人だから……。」

と、波子の言うのに、友子はかぶりを振って、

「私は、先生に、かくしていることがありますの。」

「かくして……？　なにを？　あんたの暮しのつらいこと……？」

友子はまた、かぶりを振った。

波子が問い返しても、友子は答えなかった。

「私に言いにくかったら、後で品子に話せばいいわ。」

と、波子は言い残して、間もなく、母屋(おもや)へ帰った。

寝床をならべて、枕(まくら)もとの燈(ひ)を消してから、友子は品子に、波子のところを離れて、働きに出たいと言った。

「そんなことだろうと思ったわ。お母さまも、友子さんの世話が、よく出来ないって、すまながっていたわ。」

と、まくらの上で、品子は向き直った。

「でも、そのことなら……。」

「いいえ、私たちはいいの。私や母のことじゃないの。」

友子は口ごもったが、

「子供の病気で、しかたがないのよ。子供の命には、かえられないわ。」

「子供……？」

友子に子供はないはずだ。

「子供って、どこの子供……？」

好きな人の子供だということを、友子は打ちあけた。その人の子供が二人とも、胸を悪くして、病院にはいった。

「奥さんは……？」

「奥さんも、体が弱いのよ。」

「奥さんのある人なの……？」

品子はとっさに鋭く言って、そして声を沈めた。

「子供もね……？」

「ええ。」

「その子供のために、友子さんが働くの？」

答えのない暗やみに、品子は呼んだ。

「友子さん。」

「それも、友子さんの、献身ということなの？　わからないわ。その人の気持が、品子にはわからない。自分の子供の病気で、友子さんを働かせるなんて……？」

品子は声がふるえて、

「そんな人を、友子さんは好きなの？　働かせられるんじゃないわ。私から、そうしたいと思うのよ。」

「同じだわ。ひどい人だわ。」

「ちがうのよ、品子さん……。子供の病気は、私があの人を好きになってから、あの人に降りかかった、災難か、運命じゃないの？　あの人の身に起きたことは、私の身にも、起きたことよ。」

「だって……、その人の、奥さんや子供は、友子さんに養生費をかせがせて、それでいいの？」

「奥さんも、子供も、私のことは、なんにも知らないのよ。」

品子は、うっとのどが、ふさがったようで、

「そう？」

と、声を落すと、

「子供は、いくつになるの？」

「上の女の子が、十二か三なの。」

その子供の年から、品子は、その父の年を考えてみた。友子のその人は、四十にもなるだろうか。

品子は目をあけて、だまっていると、暗いなかに、友子の枕の動く音がして、

「私も、子供を産めば、産めたのよ。私は丈夫な子供を、産んだでしょうけれど……。」

白痴の言葉かと、品子には聞えた。友子を不潔に感じた。品子はいやらしかった。

「私のひとりごとよ。ごめんなさい。」

友子は品子の気配を感じた。

「品子さんに、恥ずかしいわ。でも、そこまで言わないと、うそになるわ。」

「初めからうそよ。友子さんが、向うの子供のためにつくすのは、うそじゃないの？今のを聞いても……。うそだわ。」

「うそじゃないわ。私の子供ではないけれど、あの人の子供ですもの。それに、人の命ですもの。あの人のだいじなものは、私のだいじなもので、あの人のつらいことが、私のつらいことというのは、ほんとうに高い真実ではなくても、私一人が頼れる、真

実にはなるのよ。品子さんが私を責める道徳や、私が自分を哀れむ理性では、あの人の子供の病気は、よくならないでしょう？」

「だって、よくなったにしても、後で、友子さんがお金を出したと知れたら、奥さんや子供は、どんな気がすると思うの？　友子さんに、お礼を言うかしら……？」

「そんなことを考えているあいだ、結核菌は待ってくれない。後で、その子が、私を憎んだところで、その時、憎めるのも、生きていられたからよ。今、あの人は子供の病気で、必死になってるから、私も必死に助けたいと思うだけだわ。」

「その人が必死に、働けばいいじゃないの？」

「地道な勤め人が、どうして大金をつくれるの？」

「友子さんは、どうしてつくるの？」

浅草の小屋に出て、働くことを、友子は言いづらそうに、打ち明けた。

その口ぶりから、ストリップ・ショウなのだと、品子は感づいた。

妻子のある男を愛して、その子供の病気療養費のために、友子が裸踊りをする。品子には、ただおどろきだった。

善悪の判断も、悪夢のなかでのように、品子は迷うが、これも、女の愛の献身か、ぎせいか、友子はもう浅草の小屋に、裸体を見せて来て、決定した現実らしい。

小さい時から、二人ではげまし合い、あの戦争のなかでも、こっそり踊りつづけて来た、古典バレエが、今、友子には、こんな役に立つはめになった。

怒ってとめても、泣いてすがっても、いちずな友子は、振り切って、こうと思う一筋に、行ってしまうにちがいないと、品子は知っていた。

「自由、自由って、今は言うけれど、私の自由を、愛する人に、さしあげてしまう自由も、私にあって、そうしているのが、私には自由だわ。信仰の自由だって、あるんですものね。」

と、いつか友子が言うのを、品子は聞いたこともあった。愛する人とは、母の波子だろうかと、品子は思ったものだが、もうその時、友子は妻子のある男を、愛していたのだろうか。

今夜、ふろ場で、友子がいつになく、品子にはにかむように見えたのも、近く裸踊りに出るからだったのだろうか。

その友子の裸が、品子に浮かんで来た。子供をやどしたことも、あったのだろうか。

あくる朝、友子が目をさますと、品子は寝床にいなかった。

寝過ぎたかと、友子はあわてて、雨戸をくった。

松と杉との山にかこまれて、友子は眠っていたのだ。竹の植えこみの向う、西の小山のまばらな松のあいだに、富士山が薄く見えた。東京の焼けあとから来た友子は、深い息を吸ったが、目まいがするようで、ガラス戸につかまりながら、うずくまった。しだれ桜らしい枝が、目の前に垂れて、その下に、小株のさざん花が咲いていた。赤の濃い、しぼりの花だった。

波子が母屋から、げたをつっかけて来ると、庭に立ったまま、

「お早う。」

「先生、お早うございます。あんまりお静かで、寝坊しましたわ。」

「そう？　よく眠れなかったんでしょう。」

「品子さんは……？」

「朝暗いうちに、私の寝床へはいって来て、起こされちゃったわ。」

友子は波子を見上げた。

波子の顔から胸に、竹の葉影がうつっていた。

「友子さん、これ……。そこの、あんたのハンド・バッグに入れといて……。売ればいいわ。」

と、波子が手に握って出すのを、友子は受け取りかねて、

「なんですの。」

「指輪よ。見つかるといけないから、早くしまっといて。今朝品子に、いろいろ聞いたわ。この離れも、売ろうと思うの。あんたも、しばらく待っててちょうだい。」

指輪の小箱を握らせられると、友子は目に涙があふれ、そこに突っ伏した。

## 冬の湖

「白鳥の湖」の音楽が聞えて来た。

このバレエの第二幕、白鳥たちの踊りであった。

白鳥姫と王子ジイグフリイドとのアダジオにつづいて、四羽の白鳥の踊り、そして、二羽の白鳥の踊り……。

縁先きに突っ伏していた友子は、はっと胸を起こした。

「品子さん……？　品子さんだわ。」

音楽に誘われるように、また新しい涙が、友子のほおを流れた。

「先生、品子さんがお一人で、踊ってらっしゃいますわ。私がゆうべ、いやな話を聞かせたから、うさ晴らしに、踊ってらっしゃるんだわ。」

「四羽の白鳥を、踊ってるのかしら？　パ・ド・カットル（四人の踊り）……。」

と、波子も言って、岩の上のけいこ場を見上げた。

裏山の松の向うに、一ひらの白雲があって、そのふちから半ばまで、朝の日光をとおしていた。

友子には、ロマンチックな踊りの舞台が、浮かんで来た。

山の湖の月夜、白鳥の群が、岸辺に泳ぎ着くと、美しい娘の姿になって踊る。悪魔ロットバルトの魔法にかかって、白鳥の姿に変えられていた娘たちは、夜、この湖のほとりで、しばらくのあいだ、人間の姿に、もどることが出来るのだった。

白鳥姫と王子との愛のちかいも、この二幕目である。今まで一度も、恋をしたことのない若者に、恋をされると、その愛の力で、魔法ののろいが、解けるという。

「白鳥の湖」の曲が、まだつづくものと、友子は待っていたが、第二幕の白鳥の踊りだけで、けいこ場はひっそりとなった。

「もう、おしまい……。」

と、友子は幻を追うように、

「もっと踊ってほしいわ。先生、ここで音楽を聞いていて、私には、品子さんの踊りが、見えて来ますわ。」

「そうでしょうね。友子さんは、品子のことを、なにもかも知っていてくれるから……。」

「ええ。」

友子はうなずいて、

「でも……。」

と、なにか言いかけると、目がさめるように、にぎやかな祭の音楽が、鳴りひびいた。

「あら、ペトルウシュカ……？」

ペテルスブルグの町の広場、見世物小屋の前、謝肉祭の人出は、みな踊っている。ストコウスキイの指揮、ヒラデルヒア・オウケストラの演奏、ビクタアのレコオドであった。

友子の目は、涙にぬれながら、生き生きとかがやいた。

「ああ、踊りたい。先生、品子さんと踊って来ます。」

友子は立ちあがった。

「バレエとのお別れに……。ペトルウシュカのお祭はいいわ。」

波子は母屋（おもや）にもどると、矢木と二人だけで、朝の食事をした。

高男は早く、学校へ出て行った。

けいこ場から、「ペトルウシュカ」の第四場が、くりかえし聞えた。

「今朝は、えらいお祭り騒ぎだね。」

　と、矢木は言った。

「まったく、偉大な騒音だ。」

「ペトルウシュカ」は一幕四場のバレエ、第一場と第四場とが、謝肉祭の町の、同じ広場である。第四場は日暮れに近く、ごったかえす人波の騒ぎが、いよいよわき立って来る。

　組曲のレコオドにも、第四場の祭のにぎわいは、三面吹きこまれていて、手風琴や、金管、木管の楽器が、ひしめき合い、もつれ合い、高まり合って、雑沓の熱狂を描き出し、つづいて、子守女の踊り、熊をつれた百姓の踊り、ジプシイの踊り、馭者や馬丁の踊り、仮装行列などの踊りもある。「偉大な騒音」というのは、「ペトルウシュカ」を聞いた、だれかの言葉だ。

「品子たちは、どの役を、踊ってるんでしょうね。」

と、波子も言ったが、祭の人たちは、みな即興的に踊るかのように、踊りもにぎやかに目まぐるしい。

やがて、雪がちらつき、町に燈がともり、陽気で粗野な歓楽が極まったころ、道化人形のペトルウシュカは、踊子人形に失恋したあげくの果て、祭の人ごみのまんなかで、恋がたきのムウア人形に切り殺されてしまう。そして、見世物小屋の軒先きに、ペトルウシュカの幽霊が出て、この悲劇の幕がおりる。

しかし、品子たちの祭の音楽は、またくりかえされて、茶の間にひびきつづいた。

「朝飯前から、陽気なことだが、品子などは、ニジンスキイの悲劇を、考えてみたこともないんだろうね。」

矢木はつぶやいて、けいこ場の方に顔を向けた。

波子も同じ方を見ながら、

「ニジンスキイ……?」

「そう。ニジンスキイの気が狂ったのは、戦争のぎせいじゃないのか。頭がおかしくなりはじめたころも、うわごとのように、(ロシア)とか、(戦争)とか、口走っていたというんだろう。ニジンスキイは、平和論者で、トルストイ主義者だった。」

「今年の春、ロンドンの病院で、とうとう死にましたのね。」

「気ちがいになって、第一次世界大戦から、第二次大戦の後まで、三十年以上、長いこと生きていたものだね。」

ペトルウシュカが、ニジンスキイの当り役だったので、矢木は思い出して言ったのだろう。

このごろ矢木は「平家物語」や「太平記」など、戦記ものの古典をおもにして、「日本の戦争文学に現われた平和思想」という、研究を書いていた。

品子たちの「ペトルウシュカ」で、午前の執筆の前に、今日は、頭をみだされたわけだ。

音楽がやんでからも、品子や友子は母屋へ来ないので、波子が見に行くと、けいこ場には、品子が一人ぼんやりしていた。

「友子さんは……？」

「帰ったの。」

「朝御飯も食べないで……？」

「これをね、お母さまに返して下さいって……。」

品子は指輪の小箱をにぎっていた。

その指輪の小箱を、品子は渡すでもなし、波子も受け取ろうとはしなかった。

「お母さまも品子も、出かけるんだから、いっしょに行きましょうって、ずいぶん引きとめたのよ。でも、友子さんは、帰ると言い出したら、きかないんですもの。」

と、品子は立って、窓の方へ歩きながら、

「おどろいた人だわ。」

波子はいすにかけたまま、品子のうしろ姿を、しばらく見ていたが、

「そのままでいると、寒くなりますよ。着かえて、御飯になさい。」

「はい。」

品子はけいこ着に、オウバアを羽織っていた。

「友子さんはね、お父さまに、顔を合わせるのが、恥ずかしいというのよ。」

「そうかもしれないわ。ゆうべ泣いて、寝ない顔だったから……。」

「品子も眠れなかったけれど、じいんと体の力が抜けてしまって、沈みこむように、寝入ったらしいわ。」

品子は窓から向き直った。

「あの、それでも、オウバアは着て帰ったわ。お母さまが直した、ウウルのワン・ピイスも、いただいて行きますって……。」

「そう？　それはよかった。」

「今、お母さまと離れて、働きに出ても、また、お母さまのところへ、きっと帰って来ますって、友子さんは、そう言ったわ。」

「そう？」

「お母さま。友子さんのことは、あれでいいの？　どうしてあげるおつもり……？」

品子は波子を見つめながら、近づいて来た。

「別れなければ、いけないでしょう。品子が、別れさせるわ。」

「お母さまが、早く気がつけば、よかったのよ。よほど前から、あの人の様子が、ちがって来たとは思っていたけれど、私によくしてくれることは、一向変らないものね。友子さんが、上手にかくしていたと、言えるでしょうかね。」

「相手が悪くて、打ち明けにくかったのよ。そんな人、品子が別れさせる。」

と、品子はきっぱりくりかえしてから、

「でも、お母さまにかくすのは、やさしいんですよ。」

「品子もなにか、お母さまにかくしてるの？」

「お母さまは、御存じないでしょう？　お父さまの……。」

「お父さまの、なに？」

「お父さまの、貯金のことだって……。」

「貯金？　お父さまの……？」

「うちの者に知れないように、お父さまは、通帳を銀行においてらっしゃるのよ。」

けげんな顔をしていた波子は、さっと青ざめた。

しかし、次の瞬間には、言いようのない羞恥(しゅうち)の血が、どきどき高まって、波子のほおはこわばった。

その羞恥は、品子にもうつった。品子も顔を赤らめると、かえって、おさえきれないように、

「高男の方が、先きに知ったんです。高男が盗み出したので、品子にもわかったのよ。」

「盗むって……？」

「お父さまの貯金を、高男がこっそり、引き出したんです。」

波子は、膝(ひざ)の手がふるえた。

品子の話によると、父思いの高男も、父が母に、所帯をまかなわせておいて、苦労を見ぬふりで通しながら、ひそかに自分の貯金をしているのは、さすがにゆるせなくて、父の貯金を引き出したのだという。

後で通帳を見て、父が知ったら、うちの者のしわざとわかって、無言の非難、あるいは警告として、父は考えるだろうという。

「通帳まで、銀行にあずけてあるのに、貯金を出されて、お父さまは、どんな気持が

なさるでしょうね。」

と、品子は立ったまま、

「お父さまも、ひどいと思ったわ。友子さんの相手の人と、似たものだわ。」

「高男が、盗んだの？」

やっとそれだけ、波子はふるえ声でつぶやいた。

波子は身のちぢまるような羞恥で、娘の顔も見られなかった。そして、なにか冷たい恐怖で、悪寒がするようだった。

矢木はある大学に、籍をおいたほかにも、二三の学校の、かけもちをしている。新制大学がむやみに出来たのだ。地方の学校へ、短期の講義に行くこともある。それらの給料に加えて、原稿料や著書の印税も、多少ははいっている。

矢木は自分の収入を、波子には知らせなかった。波子も強いて知ろうとはしなかった。結婚の初めからの習わしを、波子からは改めにくかった。波子のせいでもあるが、矢木のせいでもあった。

波子は夫を、卑怯であり、こうかつであると、思わぬではなかったが、家族にかくして、夫が貯金をしているとは、夢にも思わなかった。貯金はいいとしても、通帳まで銀行においている。一家を養っている男が、そうするのなら、まだわかるとしても、矢木の場合は、まったくちがう。

　矢木に所得税があるのを、波子も知っていた。しかし、自宅からは納めないで、学校の寮かなにかを、納税地にしているらしかった。その方が便利なのだろうと、波子は気にとめなかったが、それもまた、矢木の所得を波子にかくす、用心のためかしらと、今は疑われる。

　波子はぞっとして来て、

「私のものが、なにもかも、一切なくなればいいのよ。なにも惜しくないわ。」

と言いながら、額をおさえて立ち上ると、レコオドだなの横の書だなから、一冊なにか抜き出した。

「さあ、行きましょう。」

「いっそ、友子さんの方が、いいようね。私たちも、なにもなくなって、お父さまに、養っていただきましょう。そうして、高男も私も、自分で働くんだわ。」

　品子は母の腕をとって、岩の段々をおりた。

　波子は東京へ出る、電車のなかで、友子のことも、矢木のことも、品子に言う気はしなくて、本でも見てようとすると、ニジンスキイの伝記のある、本を持って来ていた。

さっき、書だなから、ぼんやり抜き出したものだが、やはり矢木に、「ニジンスキイの悲劇」と言われたのが、頭にあったのだろうかと、波子は思った。

「こんど戦争になったら、ぼくには青酸カリを、高男には、山奥の炭焼き小屋を、品子には、十字軍時代のような、鉄の貞操帯を、くれるんだな。」

品子たちの「ペトルウシュカ」の、鳴りやんだ時、そんなことを、矢木が言うので、波子はいやあな感じを、まぎらわすように、

「私は、なにをもらえばいいの？」

「ああ、そう、一人、忘れていたか。波子は、三つのうちの好きなのを、自分でえらぶことにするか。」

と、矢木は新聞をおいて、顔を上げた。

その円満で柔和な、夫の人相に、波子はなにか戸惑った。新聞の大きい見出しだけを、波子が拾っていると、矢木はまだつづけた。

「品子の貞操帯のかぎを、だれが持っているか、ということもあるね。お前には、そのかぎをくれるかな。」

波子はそっと立って、けいこ場へ行ったのだった。

いやなじょうだんだと、聞いたものだが、矢木の貯金の秘密を知った後で、思い出してみると、波子は薄気味悪いようでもあった。

「今朝ね、お父さまが、（ペトルウシュカ）を聞いて、品子なんか、ニジンスキイの悲劇を、考えてみもしないだろうと、おっしゃっていたわ。」

と、波子は品子に、そう言ってみて、「バレエ読本」を渡した。日本に来ている、ロシアのバレリイナが書いた本だ。品子は受け取ったけれども、

「なん度も、読みました。」

「そうね。私も読んでるのに、なんとなく、この本を持って出たの。お父さまは、ニジンスキイを戦争と革命との、ぎせいじゃないかって……。」

「でも、ニジンスキイが、まだ舞踊学校にいたころから、この少年は、きっといつか発狂すると、言った医者が、あったんでしょう。」

しかし、品子は、電車が鉄橋を渡る音に、声を消されて、六郷（ろくごう）の川原をながめた。なにか思い出されて来るものがあるらしく、鉄橋が過ぎて、しばらくして言った。

「タマアラ・トマノワというバレリイナも、可哀想（かわいそう）な革命の子でしょう。父は帝政ロシアの陸軍大佐、母はコウカサスの少女、父は革命で重傷を負うし、母はあごを射（う）たれて、シベリアへ、牛車で護送されてゆく途中、タマアラが生まれたのよ。牛車のな

かで……。それからシベリアをさまよって、国を追われて、上海に亡命している時に、そこへ巡業に来た、アンナ・パブロワの踊りを見て、小さいタマアラ・トマノワは、舞踊家になろうと思ったっていうの……。トマノワが、パリイのオペラ座で、（ジャンヌの扇）に出て、天才少女と騒がれた時は、まだ十一でしたって。」

「十一……？　アンナ・パブロワが、日本に来て、（白鳥の死）を踊ったのが、大正十一年だったわ。」

「品子の産まれる前ね。」

「そう……。私の結婚前、まだ女学生だったの。パブロワの死ぬ、ちょうど十年ほど前のことね。たしか、五十で死んだから、日本へ来た時のパブロワは、今のお母さまくらいの年だったのね。」

　シベリアに送られる、牛車で生まれた、タマアラ・トマノワは、上海からパリイに行き、上海で、その踊りを見た、アンナ・パブロワに、パリイで、こんどは、自分の踊りを、認められるという、幸運にめぐりあった。幼いトマノワのけいこを見て、世界一のバレリイナは感動した。小さい踊子は、あこがれのパブロワといっしょに、トロカデロの舞台で踊った。

それから、モンテカルロのロシア・バレエ団にはいり、また、ジョルジュ・バランシンらのバレエ・一九三三年では、わずか十四歳のタマアラ・トマノワが、第一舞踊手であった。

憂い顔で小柄の少女は、踊りにもどこか、さびしい影が見えたという。

「今は、アメリカで、踊っているんでしょうか。もう三十になったはずね。」

と、品子は思い出すように、

「トマノワの話は、香山先生に、よく聞かせられたわ。香山先生につれられて、軍隊や工場や、傷病兵の慰問で、踊りに歩いたころね、品子も十四か、十六だったから……。トマノワが、モンテカルロのロシア・バレエ団や、バレエ・一九三三年で、天才少女として踊ったのと、年は同じくらいでしょう。」

「そうね。」

波子はうなずいたが、香山という名を、めずらしく品子が言うのに、ふと耳を立てた。

波子はしかし、話をずらせた。

「イギリスでも、バレエ団が、前線や、工場や農村へ、慰問に回って、バレエの魅力を、一般に広めたのが、戦後に、バレエの盛んになった、原因の一つだって、いうじゃないの？　日本で、バレエがはやって来たのにも、そういうことがあるかしら……？」

「どうでしょうか。戦争でおさえられていたものの解放、そのうちでも、女性の解放が、バレエの形で、現われたのは、たしかだと思うわ。」

と、品子は答えて、

「でも、香山先生と、慰問旅行で歩いたころも、品子はなつかしいの。東京へ出るのだって、六郷川の上で、この鉄橋を帰りに、生きて渡れるか、どうかわからないと、よく思ったわ。特攻隊に行って、踊りながら、品子もここで死んでいいと、思ったんですもの。トラックで運ばれるのは、いい方で、牛車に乗ったこともあるのよ。牛車の上で、香山先生が、タマアラ・トマノワの、牛車で産まれた話をして下さったの。品子は泣いたわ。空襲で、町はもえているし、飛行機が近づくと、牛車を飛びおりて、木のかげにかくれたり、革命に追われる、ロシア人に似ているようだと、香山先生もおっしゃったけれど、でも品子は、今よりも、しあわせだったかもしれないの。迷いも、疑いも、なかったから……。国のために戦っている人を、なぐさめるという一心で、命がけに、踊っていたんですもの。友子さんが、いっしょのこともあったわ。品子は十五六で、いつ死ぬかしれない旅をして、こわくなかったから、信仰につかれていたようね……。」

その旅のあいだ、品子を守ってくれた、香山の腕が、品子は今も、自分の肩にあるように感じた。

「もう、戦争の話は、およしなさいよ。」

波子はそっと言ったつもりなのに、声がきびしくなっていた。

「はい。」

品子は、あたりを見た。だれかに聞かれたのかと思った。

「あの、六郷の川原も、いろいろに変ったわね。前は、ゴルフ場が出来ていたでしょう。戦争になると、それが、軍事教練に使われて、それから、だんだん耕されて、川原一面、麦畑や稲の田になってしまったわ。」

そんなことを言いながら、品子の美しいまぶたには、やはり、香山と戦火のなかを行った、旅の思い出が、浮かんでいるようだった。

「戦争の時は、よけいなことを考えなかったわ。」

「品子も小さかったし、みなが考える自由を、うばわれていたからよ。」

「うちのなかは、今よりも、戦争中の方が、平和だったと、お母さまはお思いにならない？」

「そうね……？」

波子は、とっさの答えに、つまずいた。

「家族がぴったり寄り合って、今のように、ばらばらじゃなかったでしょう、国はつぶれそうだったけれど、家庭はこわれそうでなかったわ。」

「お母さまのせいかしら……？」

と、つい波子は言ってしまったが、

「でも、それはね、品子の言うのが、ほんとうでしょうけれど、そのほんとうのなかに、大きいうそと、まちがいとが、あるでしょうね。」

「そう。ありますわ。」

「それから、過去の思い出は、現在の目で、もう正確に、判断出来ないものなのよ。過ぎ去ると、たいていのことが、なつかしい。」

「そうね。」

品子は素直にうなずいた。

「でも、今のお母さまの苦しみが、過ぎ去って、なつかしい思い出になるのには、幾山河ね。」

「幾山河……?」

品子の言い方に、波子はほほえんで見せた。

「幾山河を越えてゆくのは、品子でしょう。」

品子はだまっていた。

「戦争がなかったら、品子は今ごろ、イギリスかフランスのバレエ学校で、踊ってい
られたんでしょうに……。」

波子は皇居の堀ばたで、「私もついて行けたかもしれない。」と、あの時、竹原に言
ったものだが、今、品子には言わなかった。

「品子の勉強は、戦争で、ずいぶんおくれたわ。お母さまが、身を入れて下さっても、
それが実を結ぶのは、品子の子供の代かもしれないわ。日本では、一人前のバレリイ
ナが出るのに、三代かかるでしょう?」

「そんなことはない。品子はいいわよ。」

と、波子は強く首を振ったが、品子は上まぶたを伏せて、

「でも、品子は、子供を産まないわ。世界が平和になるまでは、絶対に産まないわ。

そう思ってるの。」

「ええ?」

波子は不意をうたれたように、品子を見た。

「絶対に、とか、断乎として、とか、むやみに言わないでよ、品子はね……。戦時用語じゃないの。」

波子はたしなめるように、また、たわむれるように、

「お母さまは、どきっとする。」

「あら。一度しか言わなくてよ。むやみじゃないわ。」

「世界が平和になるまで、品子は子供を産まないなんて、電車のなかで、突然、宣言されたって、お母さまは、戸惑うだけよ。」

「じゃあ、言い直すわ。世界が平和になるのを、品子はひとりで踊りながら、待っています。お母さまも、これなら、いいでしょう。」

「踊る宗教のような、言い草ね。」

と、波子はまぎらわせてしまった。しかし真意がくみ取れないまま、品子の言葉は、胸に残った。

牛車の上で産むような日が、日本にも来ないかと、品子はおそれているのだろうか。あるいは、香山を根心においていて、平和を待つとは、香山のなにかを待つという、

意味なのだろうか。

香山が品子の、愛の思い出になっていることは、品子の話しぶりで、波子にも明らかだった。その思い出は、思い出として、過ぎ去ったのではなく、現に生きている。波子自身、竹原の思い出で、身におぼえがある。少女の愛の思い出が、どんなに根強いものか、波子は今、知らされている。品子の愛の思い出が、思い出らしい静かさに、つつまれているようなのは、品子がまだ、ほかの男と結ばれていないせいかもしれぬ。むしろ、品子が結婚でもしたら、香山の思い出は、せつなく目ざめるのではなかろうか。もしかすると、二十年も後に……。波子はわが身にひきくらべて、そうも思った。

ゆうべの友子の告白は、品子にも、火をつけたのか、今朝から品子は、いろいろのことを、母に言ったものだ。

一人前のバレリイナの出るのに、日本では、三代かかるだろうなどと、品子から聞いても、波子は冷やっとした。

戦争中の方が、家庭は平和だったというのも、その通りで、乏しい食糧と、あやうい生命とに、おびえながら、家族は小さく、抱き合っていた。波子が夫に疑惑を重ね、失望を深めたのも、敗戦後のことで、この父と母とのへだたりが、品子や高男にも及んでいる。波子はそれがつらかった。国はつぶれそうでも、家はこわれそうでなかったと、品子の言うのも、うそではなかった。

波子がしばらくだまっていると、そのあいだ、品子もなにを考えていたのか、

「朝鮮の崔承喜は、どうしてるんでしょうね。」

「崔承喜……？」

「あの人も、革命の子ね。朝鮮の戦争がおこる前に、北鮮へ行っていたというから、革命の親かもしれないわ。崔承喜の、初めての舞踊会を、品子が見たのは、タマアラ・トマノワが、上海で、アンナ・パブロワの踊りを見たのと、同じくらいの年でしょう。」

「そう、あれは、昭和九年か、十年だったでしょう。お母さまは、おどろいたものよ。朝鮮民族の反逆や憤怒が、無言の踊りに感じられてね。どもるような、あがくような、荒けずりで、激しい踊りでね。」

「品子のよくおぼえているのは、崔承喜が、花々しくなってからでしょうね？　あの人は、またたくまに、人気が出たけれど……。歌舞伎座や東京劇場で、発表会も、あんなに派手な人はなかった。」

「アメリカから、ヨオロッパにも、踊りに行ったでしょう。」

「そう。」

と、波子はうなずいて、

「はじめ、崔承喜は、声楽家になりたかったんですってね。崔承喜の兄さんが、京城(ソウル)へ公演に来た、石井漠(いしいばく)さんの舞踊に、感動して、妹を弟子入りさせたという話よ。石井さんにつれられて、崔承喜の日本へ渡ったのが、女学校を出たばかりで、十六だったとか……。」

「品子が、香山先生に、つれて歩かれて、踊っていた年ね。」

と、品子はまた言った。

波子は話をつづけた。

「石井漠さんのお弟子だったから、先生の踊りを伝えていて、そう見えたのかもしれないけれど、初めての発表会の、崔承喜の踊りは、圧迫された民族の反逆が、たしかにあるように、お母さまは思って、冷やっとしたものよ。人気が出るにつれて、崔承喜の踊りも、花やかに、明るくなって来てね、暗い悲しみや怒りが、壁にぶっつかって、身もだえするような、力はなくなった……。朝鮮の踊りが見物に受けるんで、石井流の踊りは、あまり出さなくなったせいもあったでしょう。でも、西洋へ行った時は、朝鮮の舞姫と、名乗っていたわ。日本では、半島の舞姫と言ったのよ。」

「剣(つるぎ)の踊り、僧の舞い、それから、(エヘヤ・ノアラ)とかいうの、品子もおぼえているわ。」

「腕と肩の使い方が、おもしろかったでしょう。崔承喜に言わせると、朝鮮は、舞踊の貧しい国で、舞踊がいやしめられているんですって……。その滅びかかった伝統から、新しい踊りをあれほどつくり出したのね。ものめずらしさだけで、よろこばれたのじゃなかったでしょう。民族ということを、崔承喜は深く感じていたのよ。きっと……。」

「民族……?」

「民族というと、私たちは、日本の踊りということになるけれど、品子はまだ、そこまで、考えなくてもいいわ……。日本舞踊の伝統は豊か過ぎて、強過ぎて、それだけになお、新しいこころみは、むずかしいし、後もどりしやすいのね。だけど、日本は世界の舞踊国だと思うのよ。バレエじゃなく、日本にある、昔からの踊りを見ると……。たしかに日本人は、舞踊の才能に、めぐまれていますよ。」

「でも、日本の踊りと、バレエは正反対ね。日本の心と体の伝統の、まるで逆を行ってるんですもの。日本の踊りの動きは、なかへ集めるように、うちに包むようにするけれど、西洋の踊りは、なかから離すように、そとへ開くように動くから、こころもちもちがうでしょう。」

「しかし、品子などは、小さい時から、体がバレエに、訓練されているし、西洋でも、五尺三寸、十二貫くらいが、バレリイナとして、理想だそうだから、品子はまあいいわけよ。」

品子は新橋で、波子と別れて、大泉バレエ団の研究所に行くはずだが、東京駅まで乗り越して、母のけいこ場へ、いっしょに来た。

「友子さんは、いらっしゃらないでしょうね。」

「来ますよ。あの人のことだから、まちがいなく来るわ。お母さまのところを、やめるにしても、きちんとあいさつをして……。」

「そうかしら……？　昨日は、お別れに来たんじゃないの？　ゆうべ寝てないし、お母さまに会うのは、あんなお話の後で、きまりが悪いでしょう。」

「あのまま行ってしまう人じゃないわ。」

と、波子は信じていた。

もし今日、友子が姿を見せなかったら、母もさびしいだろうと思って、品子はついて来たのだ。

けいこ場のある、地下室におりると、「ペトルウシュカ」の音楽が聞えた。

「友子さんだわ。」

「そら、ごらんなさい。」

友子はけいこ着になっていたが、踊ってはいなかった。バアにもたれて、レコオドを聞いていた。

けいこ場の掃除は、きれいにすんでいた。

「先生、お早うございます。」

友子ははにかむように、レコオドをとめると、ふと壁の鏡を見た。

「ペトルウシュカ……？」

と、品子は言って、そのレコオドの同じ面を、またかけた。第一場、謝肉祭のにぎわいであった。

波子は、鏡のなかで、友子と顔を見合わせて、

「友子さん、朝の御飯が、まだでしょう。あれから、うちへ帰らないで、ここへ来たんじゃないの？」

「はい。」

友子のまぶたはつかれて、二重になりながら、目はきらきら光っていた。

「友子さんがいらしてるなら、品子は研究所へ行くわね。」

品子は母に言うと、友子のそばに寄って、肩に手をかけた。

「友子さんは、来るかしらって、お母さまと話しながら、寄ってみたのよ。」

祭の音楽の高まりと、友子の体温のぬくみとから、品子はなにか、胸に満ちて来た。

友子はついさっきまで、踊っていたらしい、温かさだった。

「それから、民族的ということも、電車のなかで、話して来たのよ。」

「ペトルウシュカ」にも、ロシア民族のリズムと、音色とがある。

ジアギレフのロシア・バレエ団のために、ストラビンスキイが作曲した、この舞踊劇は初演の時、ホオキンの振りつけで、あわれな道化人形を、ワツラフ・ニジンスキイが踊ったのだから、今朝、矢木も「ペトルウシュカ」を聞くと、「ニジンスキイの悲劇」と言ったほどだ。

「ペトルウシュカ」の初演は、一九一一年の明治四十四年、ニジンスキイは、二十そこそこであった。ロオマで踊り、またパリイで踊って、嵐(あらし)のような人気を呼んだ。

「ペトルウシュカ」が初演の一九一一年に、ニジンスキイはロシアを出てから、一九五〇年に死ぬまで、一生、故国に帰ることは出来なかった。

一九一四年の大正三年、ニジンスキイは故国が恋しく、パリイで旅の支度をととのえ、汽車の切符を買ったのが、八月一日、世界大戦のはじまった日だったという。開戦騒ぎのパリイを立ったが、途中、オウストリアで、敵国人として捕えられた。神経をいためて、「ロシア」とか、「戦争」とか、うわごとを言う時があるようになった。

ようやく釈放されて、アメリカに渡り、最初の公演で、「ばらの精」の舞台に、ニジンスキイが現われると、見物はいっせいに起立して迎え、人々の投げる、ばらの花で、舞台も埋まるようだった。

しかし、アメリカの人気のなかでも、ニジンスキイは陰気に沈みがちで、戦争をのろい、平和をとなえ、平和論者やトルストイ主義者と交わった。

ロシアに革命がおこった。その一九一七年の暮れ、ついにニジンスキイは、まったく白痴のようになって、舞踊界から姿を消した。わずか二十八歳であった。

狂ったニジンスキイは、スイスで療養中のある日、即興の舞踊を見せるからと、小さい劇場に、人を集めたが、黒と白との布で、舞台の床に、十字架をつくると、自分がそのいただきに立って、キリストのはりつけの形をして見せ、その後で、

「こんどは、戦争をお目にかけます。戦争の不幸と、破壊と、死とを……。」

と言ったそうだ。

一九〇九年、ジアギレフのロシア・バレエが、初めてパリイで公演した時、ニジンスキイは、男性の花形舞踊手として、たちまち、天才を世界に謳われ、やがて半ば狂いながらも踊った。その芸術生活は短かかった。

一九二七年というと、昭和二年で、品子の生まれる二三年前だが、ジアギレフのロシア・バレエ団は、パリイで「ペトルウシュカ」を上演して、その舞台へ、今はまったく狂っている、ニジンスキイをつれ出したことがあった。十五六年前の初演のころ、ニジンスキイは、ペトルウシュカを踊ったのだから、失われた記憶が、なにか呼びさまされて、正気にかえるきっかけになるかもしれないというのだった。

役々も舞台に出そろい、初演の時、相手役だったバレリイナ、タマアラ・カルサビナは、昔と同じ踊子人形の姿で、ニジンスキイに近づいて、せっぷんした。ニジンスキイははにかんで、カルサビナを見つめた。カルサビナはニジンスキイを、なつかしい愛称で呼んだ。しかし、ニジンスキイは、そっぽを向いてしまった。カルサビナと腕を組ませられた、ニジンスキイは、魂の抜けた顔で、写真をとられた。

その時の、劇的な写真は、品子もなにかで見たことがある。

あわれなニジンスキイを、ジアギレフはさじきにつれて行った。ペトルウシュカの役の、セルジュ・リファルが、舞台に現われると、ニジンスキイは、だれかとたずね、
「あいつ跳べるかい。」
と、つぶやいた。

ペトルウシュカを踊った、セルジュ・リファルは、ニジンスキイの再来と言われ、ニジンスキイのないあと、第一の男性舞踊手であった。そのリファルを見て、「跳べるかい。」と、つぶやいたというのは、かつてのニジンスキイが、みごとな跳躍で、世界をおどろかせていただけに、また話の種になった。

しかし、狂った天才の言葉は、いたましくも、もっともらしくも、聞けば聞ける、なぞであろう。おそらく、ニジンスキイは、自分の若い日の当り役が、舞台で演じられていることも、わからなかっただろう。昔の仲間の友情は、ニジンスキイの生ける死かばねを、もてあそんでみただけだったかもしれない。

ニジンスキイの輝かしい生は、その悲しみと悩みの果て、今は氷にとざされた、冬の湖のようなものだった。氷を破って、湖の底まで、さぐってみたところで、もうなにもなかったかもしれない。

「品子なんか、ニジンスキイの悲劇を、考えてみもしないだろうって、お父さまがね、お母さまに、今朝、おっしゃったんですって……。」

と、品子は友子に言った。

友子がだまっているので、波子が答えるように、

「矢木は、戦争と革命が、恐ろしいから、ニジンスキイを思い出したのよ。」

「でも、ニジンスキイは、戦争のあいだも、世界の国々を、踊って歩けたでしょう。気がちがってからだって、世界的だわ。スイス、フランス、イギリスと、療養の場所を、移せたんですもの。お父さまや、品子たちのように、なにが起こって、どうなろうと、日本の紙のカアテンのなかに、追いこめられているのと、話がちがうようだわ。」

「私たちは、世界の天才じゃないから……。気ちがいにも、なれないでしょう。」

と、友子が言った。

「でも、友子さんの、ゆうべの話は、少しあやしいわ。聞いていて、品子も頭が変になって来そうよ。」

「品子。友子さんのことは、お母さまが相談しますから……。」

「そう……？　友子さんが、お母さまの言うことを、聞いてくれるのなら、いいけれ

ど……。」

品子は友子を見ないで、レコオドを片づけた。

「あら。私がします。」

と、あわてて来る友子に、品子は肩がさわって、

「お願いするわ。お母さまのところに、いてあげてちょうだい。来年の春、お母さまのお弟子の発表会をして、その時、(仏の手)を、二人で踊りましょう。」

「春？　なん月？」

「なん月か、まだ考えないけれど、早くしましょう。ねえ、お母さま。」

波子はうなずいた。

「おそくなるから、品子は、行っていいわ。」

地下室を出てから、うなだれて歩いて来た品子は、東京駅の近くで、鉄筋コンクリイトの工事を、しばらく立って、見上げていた。

## 愛する力

十二月にはいってからは、上天気がつづいていた。

舞踊家たちの秋の発表会も、おおかたすんで、吾妻徳穂・藤間万三哉夫妻の「長崎の絵踏」、江口隆哉・宮操子夫妻の「プロメテの火」などが、この月に残っていた。

吾妻徳穂も宮操子も、波子と近い年である。

波子は若い時から、十五年、あるいは二十年も前から、この人たちの踊りを見て来た。吾妻徳穂は日本舞踊、宮操子はノイエ・タンツ（新舞踊）というのか、波子たちの古典バレエ風な踊りとはちがうのだが、長い年月、夫婦で踊りつづけていることに、波子は感じるものがあった。

日本の舞踊の時の流れを、波子もこの人たちと、同じように経て来たわけだ。

江口・宮の夫妻が、ドイツに留学する、告別の舞踊会も、帰朝して、第一回の発表会も、波子は見ている。新鮮な印象が、思い出される。それは、昭和十年前であったようだ。

「舞踊時代来る。」と言われて、乱立の舞踊家が、やたらに発表会をもよおしたが、舞踊会は音楽会よりも、客が多いほどだった。

スペイン舞踊のアルヘンチイナ、テレジイナ、フランスのサカロフ夫妻、ドイツのクロイツベルグ、アメリカのルス・ペイジなどが、次ぎ次ぎに来て踊ったのも、そのころだった。

ジアギレフのロシア・バレエ団の初めから、振付師として知られた、ミハエル・ホオキンも、日本へ来たがっていると、やはりそのころ、波子はうわさに聞いた。ホオキンが宝塚や松竹の少女歌劇に、バレエを振りつけるという、話もあった。

西洋の舞踊家が来るには来ても、古典バレエの人は、一人もなかったので、波子はホオキンを心待ちしたが、それはうわさにとどまった。

波子は本格的のバレエを、一度も見たことがなくて、バレエ風の踊りを、つづけて来たわけだ。古典バレエの基本練習も、どれだけ正しく、確かに、身についているのか、自分にも、よくわからないで通した。

摸索と、懐疑と、絶望とは、年とともに、深まっていた。

戦争の後、日本にも、バレエが流行し出して、「白鳥の湖」や「ペトルウシュカ」など、ロシア・バレエの代表的な作品が、日本人によって、上演されるようになった今でも、波子は弱気であった。

娘にバレエを習わせ、自分がバレエを教えていることに、しょんぼりためらう時があった。

けいこ場に、友子がいなくなってから、なお波子は、教える自信を失ったようだった。友子の献身が、波子の自信を、支えていてくれたのだろうか。

波子はなにかつかれて、かぜごこちで、四五日、けいこも休んでしまった。

「お母さま、品子がしばらく、日本橋へ行って、おけいこしましょうか。」

と、品子も母を案じて、

「友子さんの帰って来るまで、品子がお手つだいしてはいけない？」

「あの人は、帰りませんよ。また、私のところへ帰ると、言ったから、いつかは、帰って来るかもしれないけれど……。」

「友子さんの相手の人に、品子は会ってみるわ。でも、その人の名前も、住所も、友子さんは教えてくれないのよ。どうしたら、わかるかしら……？」

と、品子が言っても、波子は力なく、

「そうね？」

「友子さんのお母さまに聞いては、悪いでしょうね？」

「悪いでしょう。」

波子は張りあいのない答えをしながら、年の暮れか、正月かに、やはり今までのように、友子の母が、あいさつに来るだろうかと思った。その時、なんと言えばよいのか。

友子の母は、夫に早く死に別れて、四五軒の借家を頼りに、友子を育てて来たのだが、戦争で家をみな焼かれた。友子が波子のけいこ場を、手つだうようになってからも、母は近所の商店につとめていた。波子は二人を養えないのが、いつも心苦しかった。そのうちにと、思っていた。しかし、波子のそのうちによりも、友子の別れてゆく時の方が、早く来てしまった。

そのうちには、友子のことばかりではないだろう。波子は沈むように、さびしかった。

宝石などを売っても、離れを手ばなしても、友子を助けたいと思ったが、友子は波子の暮し向きを知っているし、また、波子にあまえられるわけではないと、振り切った。波子はどうしようもない、友子との性格のちがい、生活のちがいというものに、突きあたったようでもあった。

「友子さんのお母さんに、品子が、うっかり会うのは、およしなさいよ。お母さんは、なにも知らないのかもしれないわ。」

と、波子は言った。

「それから、日本橋のおけいこは、友子さんがいなくても、やってゆけるわ。その心配はないのよ。品子はまだ、人に教えることは、考えない方がいいわ。」

波子は自分の心の影が、品子にうつるのをおそれた。

そうして、波子がけいこを休んでいるうちに、東京の呉服屋が二人、京都の呉服屋が一人、うちへ来たが、三人が三人とも、盗難にあった話をした。

東京の一人は、こんだ電車で、カバンを切られて、かなりの金を失った。もう一人は、電車の網だなにおいた荷物を、持ってゆかれた。

京都の呉服屋は、国鉄の電車で、大阪へ行く途中、ひざにのせていた荷物を、奪い取られた。発車する時、とびらがしまる、そのとたんに、荷物をさらって、飛び出すのだ。

「あっと、まわりの人が、声を立てました。取られた当人は、ぽかんとして、声も出やしません。」

と、呉服屋は立ち上ると、憎々しげに、仕方話(しかたばなし)をした。

「こういう工合に、片足を、ドアのところに踏ん張って、飛び出す身構えをしとるんです。」

波子は年の瀬のけわしさとして、矢木に話してみると、

「ふうん。そろいもそろって、お前のところへは、やはりお前に似合ったのが、来るものだね。」

「ぼんやりに同情して、お前はまた、なにか買ったんだろう。」

と、矢木に言われて、波子はぐっとつまった。

京都の呉服屋から、自分の羽織を、一枚買っていた。東京の二人の品物も、なにかと思って、胸算用したものだ。買えないことに、気がとがめた。

結城（ゆうき）のいい蚊がすりを見て、矢木のために、取っておきたいようだった。これまでなら、無理をしても、夫に着せただろうと考えると、波子は二重に気がとがめた。

蚊がすりが、波子の目に残っていて、その話もするつもりだったが、矢木に出鼻をくじかれた。

「暮れに、大金を持って、こんだ電車に、乗ることもないじゃないか。」

「そうおっしゃったって……。」

「とびらのしまる時に、ひったくられるという盗難が、多いのなら、出口の近くに、坐(すわ)らなければいい。」

矢木は落ちついて続けるのに、波子はじりじりした。

「気の毒じゃありませんの？　うちだって、世話になった人たちだし……。ずいぶん古着を売って、助けてくれましたわ。」

「商売だろう。」

「商売気を離れたところも、あったんです。古くからのお得意ですし、私なら私に、品子なら品子に、向くようにと念を入れて、着せたがったもので、戦争前におさめた、いい品物には、呉服屋の愛着もありますから、親身に売ってくれたんですわ。かなしがって……。」

「かなしがって……？」

と、矢木は聞きかえすように、

「なにを、そう……？　お前が、声をふるわせるんだ？」

ふだんなら、なんでもないことが、波子にこたえた。

呉服屋は三人とも、戦争前には、それぞれ相当の店をかまえていたのだ。京都の呉服屋は、福井へ疎開していて、地震にあった。戦争の五六年後の今まで、店を持てないで、三人とも、暮れの盗難で、なさけない顔をして来た。

波子は矢木にからかわれると、日本橋や自宅へ、けいこに来る娘たちに、頼みさえすれば、呉服の十反や二十反は、さばけそうに思えて、急に身支度すると、東京に出た。

けいこ場では、生徒たちだけで、いつもの通りに、基本の練習をしていた。古顔の二人が、波子や友子の代りに、列を離れて、教えているらしかった。

「あら、先生。もうおよろしいんですの？」

「お顔の色が、お悪いわ。」

生徒たちは寄って来て、波子をつつむように、支えるように、いすにかけさせた。

「ありがとう。休んですみません。私は弱いように見えて、寝こむことはないのよ。」

と、波子は顔を上げて、まわりの娘たちを見ようとすると、せきこんだ。せきで、涙が出た。

ハンカチで、目をふいてくれる、少女があった。

「いいのよ。けいこをつづけてちょうだい。私はちょっと休みますから……。」

と、波子は小部屋にはいって、卓上電話をながめていてから、竹原を呼び出した。

竹原がけいこ場へ来た時、波子は、ひとり、ストオブの横のいすで、バアにかけた片ひじに、顔を伏せていた。

「お電話をありがとう。電話の声がいつもとちがっていたから、すぐ来たかったんですが、小型カメラの客がありましてね。輸出です。」

竹原は波子の前に立つと、帽子のつばを、バーと壁とのすきまに入れた。

波子はうるんだ目で、竹原を見上げた。額にそでのあとが残っていて、まゆ毛も少しみだれていた。

「すみません。」

と、波子はなんとなく言って、

「かぜ気味で、おけいこも休んでいましたの。」

「そうですか。まだ、おつかれのようですね。」

「いろいろ、つかれることがありましたの。」

竹原は立ったまま、波子を見おろしていたが、ふと目をそらせて、

「この部屋へはいると、ガス臭いですよ。毒じゃありませんか。」

「ええ。おけいこをしていると、すぐ熱くなりますから、消すんですけれど……。」

と、波子は鏡を振り向いた。

「まあ。青い顔……。」

まゆ毛を指さきでこすりながら、波子は、寝起きの顔を見せたように、恥じらった。

口べにもほとんどつけていない。

竹原はそこらを見て、

「壁の鏡も、まだなんですね。」

「ええ。」

一方の壁面に、鏡を張りつめたいという話は、このけいこ場を持つ、はじめからあった。しかし、洋裁店の姿見を、二つ合わせたほどの鏡が、壁にとりつけられているだけだった。

「鏡どころじゃないかもしれませんのよ。」

波子はほほえんだが、鏡にうつっている、やつれ顔の方が、気にかかった。

髪も四五日、ろくに手入をしないまま、くしで掻(か)き上げて来た。

こんな姿で会っていることに、波子はあきらめを感じると、竹原にたいして、なつかしい親しみが、わき出るようだった。

「今日も、うちで休んでいるつもりでしたけれど、急に思い立って、出て来ましたの。」

竹原はうなずいて、いすに坐った。

「電話の声で、どうなさったのかと思いました。ここに波子さんが、一人だとは思わないで、ぼくははいって来たんですが、あんなかっこうで、なにを考えてらしたんです。」

「なにをって……。」

波子は口ごもって、まぶたに愁いをかげらせていたが、

「つまらないことも、思い出していたのよ。あの、お堀端の、白いこいね……。」

「こい……？」

「ええ。日比谷の交叉点に近い、堀のかどに、白いこいが一尾いたでしょう？　そのこいを私が見て、竹原さんに、しかられたじゃありませんの？」

「そうでしたね。」

「後で品子に聞くと、あすこにこいのいるのは、なにも不思議なことじゃなかったんですのよ。」

「小さいこいが一尾、堀のすみに浮いていたって、だれも知らないで、通り過ぎてしまう。そんなものが、私だけ、目にとまったりするのは、そういう私の性格だって、

竹原さんは、おっしゃったでしょう。」

「言いました。こいと波子さんと、孤独の身の、同病相哀れむようでね。堀をのぞきこんでいる、うしろから、背なかをひとつどやしつけたくなった。」

「そんな性格は、捨てなさいって、しかられたわ。」

「見ていて、こっちが、つらくなるんですよ。」

「でも、だれも気がつかなくても、こいはここに、こうしている。その時は、そう思いましたのよ。ですから、後で、品子に話してみましたの。」

「ぼくと、二人で見たって……?」

波子はそっとかぶりを振って、

「あすこはね、こいの寄って来るところだって、品子に言われましたのよ。夕方になったから、一尾だけ残っていたんでしょう……。日比谷公園へ、子供づれで行った人などが、帰りにあすこでお弁当の残りの、パンくずや御飯粒を、投げてやるんですって……。あすこは、こいが集まるところで、一尾いたのにも、不思議はなかったんですのよ。」

「そうですか。」

竹原は答えながら、問い返すような目をした。

「品子に聞いて、竹原さんにしかられた通りだと、自分で、なさけなくなりましたの。あの時は、小さいこいが、妙にさびしい場所をえらんで、ぽつんと一尾でいるのが、私の身にしみるようだったんですもの。」

「そうですよ。」

竹原は合点がいった。

「そういうことが、波子さんは多いんだ。」

「そう思いましたわ。なんでもないこいを、あわれに感じたりして……。あなたとごいっしょにいながら、そんなものが目について、ふとさびしがったりして……。」

言ってしまってから、波子ははっと目をきらめかせて、うつ向いた。

目ぶたが薄赤くなって、ほおも染まった。

「すみません。」

波子は息のつまるのを、ゆるめたいように言った。

竹原は波子を見つめた。

「白いこいなんか、目につかないように、出来ないでしょうか。」

と、波子は一つ目ばたいて、左の肩を、少し傾けた。その肩が、なにかの重みで、固くなるのかと、竹原には見えた。

竹原は立ち上った。二三歩、波子から離れて、そして近づいた。

波子は右の手を、左肩にあてて、目をつぶると、そのまま前へ倒れかかった。

「波子さん。」

竹原は横から、波子を支えた。そのまま、うしろにまわって、起こすように抱いた。

波子の右手に、自分の右手を重ねて、やさしくにぎった。波子の右手は、竹原の掌（てのひら）のなかで、指の力が抜けると、肩をはなれた。その冷たい、なめらかさは、竹原の体じゅうにしみた。

竹原は胸をかがめた。

「おそすぎますわ。」

と、波子は顔をそむけた。

「おそ過ぎる……？」

波子のささやきを、竹原はくりかえして、その後は強く、

「おそ過ぎはしません。」

しかし、そう打ち消してから、竹原には、波子の「おそ過ぎる」という、その言葉が、はじめて心に通じて来た。

竹原はなにかためらうように、体をじっとした。

竹原のあごの下に、波子の髪があり、耳たぶが見え、少しよじった首に、えり足が白かった。

今日は、耳かざりがない。

波子はかぜで、ふろにはいれなかったから、うちを出しなに、香水だけは、いつもよりよけいに使って来た。そのキャロンの黒水仙(くろずいせん)のにおいに、枯草のこげるような髪のにおいが、ほのかにあった。

竹原は右腕を、波子の右腕に重ねたままでいた。波子はその手を左肩から落したので、竹原は波子の胸を、やわらかく抱いている形になったが、波子の高い鼓動が伝わって来た。そこに触れてはいないのに、鼓動が感じられるのだった。

「波子さん。おそ過ぎはしない。」

波子はそっとかぶりを振ると、そむけていた顔が、真向きになった。

竹原は胸で波子をささえるようにして、波子の上まぶたに、くちびるを近づけた。

さっきも竹原は、波子のまぶたへ、先きにふれようとしたものだった。

目をつぶると、波子の上まぶたは、ものを言うようだ。くちびるよりも、あたたかく、かなしく訴えた。

しかし、竹原がふれる前に、まぶたは涙を出して、まつ毛にあふれた。濡れたまつげに添うて、まぶたの二重の線は、なお美しかった。

またたくまに、涙が目じりを流れ出た。

その涙の方へ、竹原が脣を向けようとすると、

「いやよ、こわいわ。」

と、波子は肩をゆすった。

「こわいわ。だれか見ている。」

竹原は目を上げた。波子も目をあげた。

「見ている……？」

向うの明り取りの窓から、道ゆく人の足が見えた。

道路よりも、ほんの少し高めの、細長い窓で、歩く人たちの、すねのところが、通っていた。

地下室はまぶしいほど明るくて、足のいそぐ町は、夕やみだった。膝も靴も見えない。

「こわいわ。」

立ち上ろうとする波子の身動きで、竹原の腕が、ふとゆるむと、波子はくずれるように、前へよろめいた。

「放して……。」

と、波子はそのまま歩いて行った。

竹原は波子の離れてゆくのを見ていた。しかし、波子をまだ抱いているようだった。

「ここを、出ましょうか。」

「はい、ちょっとお待ちになって……。」

波子は鏡を見ると、自分におびえるように、壁の鏡から離れた。

その夜、波子が家に帰ったのは、九時前で、品子より早かった。品子は振りつけでもあって、おそいのだろうか。品子よりも先きだったのが、波子をなんとなくほっとさせた。いいわけしやすく思えた。

夫の部屋のふすまをあけると、引手にかけた指に、力を入れたまま、

「ただ今。」

「お帰り。おそかったね。」

と、矢木は机から振り向いて、

「出かけて行って、なんともなかったか。」

「はい。」

「それなら、よかった。」

矢木はすずの茶入れを、振って見せた。

「これが、もう空(から)だ。」

波子は茶の間へ来て、かんから小さい茶入れに、玉露を移そうとすると、手もとが狂って、たたみにこぼれた。

しかし、玉露を持って行った時、矢木はもう書きものをしていて、波子を見なかった。

「今晩は、おそくまでなさいますの？」

だまって引きさがるつもりでいながら、つい波子は言った。

「いや。寒いから、早く寝るよ。」

波子は茶の間へもどると、こぼれている玉露の葉を、火鉢(ひばち)にくべてみた。

煙の消えたあとにも、においが残った。

波子は部屋のなかを、軽々と歩きまわりたいのを、そっとおさえていた。

うちに帰ったら、真直(まっす)ぐにけいこ場へ行って、ピアノをひくつもりだったが、それも出来なかった。

ベエトオベンの「スプリング・ソナタ」が、帰りの電車に乗っているあいだ、波子に聞えていた。その曲には、竹原との思い出がある。はるか昔の思い出は、音楽を通すと、遠くの夢のようにもなり、近くの現（うつつ）のようにもなる。

「品子が帰ると、あぶないわ。」

と、波子はつぶやいた。

つつみきれないよろこびを、品子に見やぶられないためには、寝床にかくれているほかはない。かぜごこちだから、早く寝床にはいっても、矢木も品子も、あやしみはしなかろう。

波子は日本橋のけいこ場を出てから、竹原の誘うままに、西銀座の大阪料理へ行ったものの、帰りの時間が気がかりでならなかった。ところが、新橋駅で、竹原に別れると、かえって波子は、せきが切れて、あふれる思いに、身をまかせた。

そして、夫のそばにもどると、竹原のそばにいた時よりも、かえって、夫を恐れない。

波子は自分で、寝床を取りながら、

「あっ。」

と、叫びそうになった。

あの堀端でも、日本橋のけいこ場でも、竹原といて、ふっとおそれた、恐怖の発作は、じつは愛情の発作ではないのかと、稲妻のように感じたからだ。

波子は敷ぶとんを落して、その上に坐ってしまった。

「そんなこと、あるもんですか。」

強く打ち消しておいて、寝床に落ちついてからも、その稲妻におびえるように、波子は合掌をした。

「大日経疏」にある、合掌の十二の礼法を、一つ一つ、思い出してみようとしているところへ、矢木がはいって来た。

両手の指も掌も、ぴったり合わせる、堅実心合掌、掌のあいだを、少しすかせる、虚心合掌、花のつぼみの形に、掌をやや円くする、未開蓮合掌、両手の親指と小指はつけ、ほかの三本の指は離す、初割蓮合掌、掌を合わせ、五本の指を組む、金剛合掌、または帰命合掌——このへんまでは、合掌らしい合掌で、おぼえやすいし、忘れもしなかった。

しかし、残りの七つの作法、たとえば、両手の掌を仰向け、指をまげて、水をすくうような、持水合掌、掌の背を合わせて、指を組む、反叉合掌、両手の親指だけをつけて、掌を下向ける、覆手合掌という風に、合掌らしくない合掌は、波子もたしかでなかった。形は出来ても、名が出て来ない。

それを思い出そうと、二三度、はじめからくりかえして、帰命合掌まで来た時、

「どう……？　寝たの？」

と、矢木がふすまをあけて、薄暗がりに、波子の寝姿をうかがった。

波子はどきっとして、合掌のまま手を、胸に引き寄せた。

帰命合掌は死人の合掌だが、身をすくめて、おそれおののく、手つきでもあった。

罪のゆるしをもとめる、手つきにもなり、あわれみをこう手つきにもなった。

波子は組み合わせた指に、力がはいって、固く胸をおさえた。

竹原のことを感づいて、矢木が責めに来たのだと思った。

「出かけていって、やはり、つかれたんだね？」

矢木は波子の額に、手をあてると、

「なんだ、熱はない。」

と言いながら、こんどは、額を額につけた。

「ぼくの方が熱い。」

波子は矢木を避けるように、胸の手を持って来て、自分で額をおさえてみたが、あっとおどろいて、

「あら。いやよ。私、おふろにはいってません……。六日も……。」

しかし、波子は身ぶるいをおさえた。

あきらめも、かくそうとつとめた。

そして、絶望をぶっつけると、不貞のおそれからも、罪の思いからも、突き抜けるように、解放された。

波子は涙を流した。

やがて、茶の間から、矢木が声をかけた。

「熱いレモンのジュウスでも、どうだい。」

「いただきますわ。」

「さとうは……?」

「たくさん入れて……。」

波子は家に帰った時、

「今晩は、おそくまでなさいますの?」

と、矢木に言ったのを思い出した。誘いをかけたように、聞えたのだろうか。波子はくちびるをかんだ。

品子が帰って来る足音を、波子は熱い果汁(かじゅう)をふくみながら聞いていた。

「お母さまは……？」

品子は茶の間にはいるなり言った。

矢木は、波子にも聞えるように、

「東京に出て、つかれてね、眠っているよ。」

「あら？　お母さま、お出になったの？」

と、品子が波子の寝部屋へ、来ようとするらしいのを、矢木は呼びとめた。

「品子。」

品子は父の前に、坐ったようだった。

矢木はなにを言うつもりなのかと、波子は聞き耳を立てながら、右左に寝がえりして、髪のみだれをかきあげた。

その身づくろいの、ゆとりを取るために、品子を寝部屋へ、よこさないために、矢木はただ品子を、呼びとめたのだろうかと、波子は気づくと、いそがしげな指が、ふっと動かなくなった。

「お父さま、それ、ホット・レモン……？」

父がだまっているので、品子が言った。

「そうだ。」

「品子も、いただきたいわ。」

湯をさして、コップをかきまわす音が、波子に聞えた。

その品子の手つきを、矢木は見ているらしいが、

「品子。」

と、また呼んで、

「高男のノオトを見るとね、一人の兄と一人の妹、この世に、これほど親しいものはない、そう言ってるんだがね。」

とっさのことで、品子は父を見たのだろう。

「ニイチェが、妹にあてた、手紙のなかの言葉だが。」

と、矢木はつづけて、

「品子は、どう思う？　品子と高男は、一人の兄と一人の妹じゃなくて、一人の姉と一人の弟で、ニイチェとは逆だけれども、高男はいい言葉だと思って、ノオトに写しておいたらしいね。上と下とが逆でも、やはり、一人の男と一人の女の、二人きりのきょうだいだから……。この世に、これほど親しいものはない。いい言葉だろう。」

「いい言葉ですわ。」

「高男は、そうありたいんだよ。だから品子も、ニイチェの言葉を、どこかに書いておいてくれるといいね。」

「はい。」

品子の素直な答えが、波子に聞えた。

しかし、思い出したように、

「お父さまは、一人の兄と一人の妹、でしょう。」

品子はなにげなく言ったらしいが、波子は冷やっとした。

矢木とその妹とは、きょうだいは他人のはじまりで、今はもう、行き来もとだえている。

矢木の妹は、波子のさとの扶助で、女子高等師範を出ると、矢木の母と同じような、女教師になった。年とともに、兄夫婦と、遠ざかってしまったのは、矢木のせいか、妹のせいか、波子が悪かったのか、おそらくは、そのいずれでもあろう。また、自然のなりゆきでもあろう。しかし、生活も性格もちがう、夫の妹と、波子が合わなかったのは事実で、波子はこの妹を見ると、夫の母から夫にも伝わる、自分とは別世間の人を、感じさせられるのだった。

品子に妹のことを言われて、矢木はなんと答えるかと、波子は待っていたが、

「そう言えば、叔母さんにも、しばらく会わないね。正月に、寄せ書きの年賀状でも、出してやろう。」

しかし、品子は父のしらじらしさを、気にかけないらしく、

「お父さま、今朝、ニジンスキイのことを、おっしゃったの？ ニイチェとか、ニジンスキイとか、気の狂った天才のお話……？ ニジンスキイも、小さい時に、上の男の子が死んだから、一人の兄と一人の妹に、なったんでしょう。」

今夜も、高男の帰りが、おそいところへ、矢木が品子に、高男のことを言ったので、聞いている波子は、自分に言われたように思った。

波子が竹原に会って来たと、矢木は見やぶっていて、遠まわしに、母としての波子を、たしなめたのだろうか。一人の姉と一人の弟、一人の父と一人の母、この世に、これほど親しいものはない……。

品子も父の言葉に、思いあたるものはあったらしいが、矢木の妹のことを言い出し、ニイチェを気ちがいだと言ったのには、波子もはぐらかされた。品子は皮肉のつもりでないにしろ、波子は陰で、聞いていて、冷やっともし、気抜けもした。

「お母さま。」

品子が呼んだ。

波子は答えられなかった。

「おやすみになったのね。」

と、品子は父に、

「お母さまも、ホット・レモン、召しあがりましたの？」

思わず波子は、

「まあ。いやらしい。」

と、身ぶるいしそうで、

「なんという子だろう。」

女のしんにひそむ、いやらしさ、きたならしさ、その女の勘が、品子にはたらいたのだと、波子は感じた。

「お母さまも、ホット・レモン……？」

ただ、やさしい心づかいで、品子は言ったに過ぎないのだろう。

そして、波子は深い息をはくと、いやらしいのは、自分ではないか。自分のいまわしい姿だけが、頭に残った。自分のみにくさに、さわられたと感じて、あらぬ憎悪（ぞうお）の発作をおこしたのだ。

波子はおのれのみにくさ、そのままの、みにくい女の姿で、横たわっているように思えた。

心やましいものがあって、帰った時、やはり、夫に誘いをかけたのだろうか。罪におびえて、いつになくこちらから、波におぼれて行ったのだろうか。その罪の思いは、夫にたいして、愛人にたいして、二重であった。しかし、そのために、むしろ、よろこびが二重に加わったかのようだ。そうしてまた、夫にたいしても、愛人にたいしても、奇怪な罪を重ねたのかもしれない。

厭悪とか、悔恨とか、絶望とかで、なにかたくみに、かくそうとしたようだが、波子は今日、新しい体になっていた。

どうしてであろう。竹原をこばまなかったからであろうか。

竹原は波子の恐怖を見て、くちびるもふれなかったが、波子は恐怖によって、竹原をこばんだのではなかった。

あの恐怖の発作は、じつは愛情の発作ではないのかと、稲妻のように感じて、敷ぶとんを落した時は、波子の運命の時だったのか。

その稲妻は、波子の正体を、照らし出したかのようだった。

波子は恐怖の仮面で、竹原も自分も、あざむいていたのかもしれないと思った。

吾妻徳穂、藤間万三哉夫妻の舞踊劇、「長崎の絵踏」が、帝国劇場に四日間ある、その終りの日に、波子は行った。

開演は五時だが、波子は北鎌倉を二時に出ると、銀座の貴金属商に寄って、指輪を売った。友子にくれようとした、指輪である。

それを金にかえて、そのうちのいくらかを、友子に送ったものかと、波子は迷いながら歩いた。

「あの時、友子さんが受け取ったら、それまでだったわ。」

友子は波子の使いで、前に貴金属商へも行ったし、おそらく、同じ店に売っただろう。

あの時から、幾日もたっていないのに、波子は自分のために売った。金をうちへ持って帰れば、友子にわける分は、また減りそうにも思えた。

友子の家まで、メッセンジャアに、金をとどけさせることにして、波子は新橋駅へ引きかえした。

メッセンジャアのたまりの前で、千円札を数えながら、

「あら。」

と、波子は振り向いた。竹原の手が、肩にふれたと思ったのだ。

しかし、ほかの客の荷物が、波子の肩にさわったのだった。竹原とは似もつかない、若い男が立っていた。なにか細長い荷物を持っていた。

「失礼。」

「いいえ。」

波子は赤くなった。胸が熱かった。

一万円、数え直すと、ハンカチにつつんで、そのハンカチに、友子の住所を書いた。

「へええ。ハンカチにくるんで、お金をおとどけするんですか。」

と、事務員はおどろいて、

「なにか袋がございますよ。さしあげましょうか。」

「ちょうだい。」

波子はうろたえてしまって、とっさにハンカチを思いついたのだが、それがおかしいとも、わからないほどだった。

しかし、その恥ずかしい場所を離れると、ぽこぽこ軽い笑いがこみあげて来た。

友子に送る金高を考えながら、歩いて来た時も、ところどころの服飾店の窓で、男のものが目にはいり、それはみな、竹原にどうかと、思うものだった。竹原に似合いそうな品物だけが、町のなかで生きているように見えた。品物の方から、波子を待っていて、呼びかけた。また、それを身につけた、竹原の姿が、波子に直ぐ浮かんで来た。

友子のことを、とにかく片づけた後では、店の男ものが、なお生き生きして、飾り窓のマフラを見ていると、それを巻いた、竹原の首筋に、手をふれているように感じた。波子は店に吸いこまれて、そのマフラを買った。

「ああ、楽しい。でも、友子さんに、買ってもらったようなものね。あんたの、置きみやげ……？」

そんなことをつぶやきながら、波子は、手織のネクタイも一本買った。

竹原と歩いた堀端を通って、帝劇へ行った。早く来過ぎた。

二階へあがってゆくと、休憩室の柱や壁に、林武（はやしたけし）や武者小路実篤（むしゃのこうじさねあつ）などの絵がかかっていた。どうしたのかと、波子は思ったが、「花と平和の会」という、小さい売場が出来ていて、詩人や作家の色紙が見えたから、絵もその会のものらしかった。

波子は楽ないすにもたれて、林武の「舞娘」という、パステル画をながめていると、

「波子夫人。」

と、肩をたたかれた。

「うっとり御覧になってますな。」

手と声がいっしょだったので、こんどは、竹原とはまちがえなかった。しかし、波子はやはりどきっとした。

「ごぶさたしております。」

と、沼田は改めて言った。

「しばらく……。」

「いいところで、お目にかかりました。」

そして、沼田は腰かける前に、「舞娘」を振りかえって、

「いい絵ですね。ふうむ。扇を持って……。」

と、絵に近づいて行った。

波子は帰りまで、つきまとわれたら、どうしようかと思った。

重い沼田がそばにかけると、長いすのくぼむ方へ、波子の体も傾いたので、そっと離れた。

「矢木先生には、先月、お目にかかりましたが……。」

「そう?」

波子は知らなかった。

「京都から、お手紙をいただきましてね、幸田屋へ呼び出しで、なにごとかと思って、かけつけてみると、なにごともなさそうなんです。波子夫人の話にちがいないと、ぼくは考えたんですが、先生はどうも、なにかぼくから、さぐり出すつもりじゃなかったんですか。竹原さんのこととか、香山君のこととか……。」

波子の顔色を、沼田は見た。

「ぼくはいい加減に、あしらっておきました。波子夫人の青春について、論じたりしてね……。」

波子は軽い笑いに、まぎらわせようとすると、ほおが染まった。

「今日、お目にかかって、ぼくはおどろいたな。なにかこう、ぱあっと花がさいたように、なまめかしいですよ。」

「およしになって……。」

「いや、ほんとうに花がさいたように見えます。」

と、沼田はくりかえして、

「ぼくは矢木先生に、奥さんが、舞台に返り咲きされることも、すすめてみましたが……。」

「とんでもない。おけいこ場も、やめようかと思ってますのに……。」

「どうしてです。」

「自信がないの。」

「自信……？　奥さん、東京にね、バレエの教習所が、いくつあるとお思いです。六百ありますよ、六百……。」

「六百……？」

波子はおどろいて、あきれたように、

「まあ、おそろしい。」

「もの好きが、調べたんだそうです。大阪には四百とか……。」

「大阪に四百……？　ほんとうかしら？　信じられませんわ。」

「地方の町々のを合わせると、すごい数になりますな。」

「バレエは義務教育ではないと、だれかが書いてましたが、まったく、そうも言いたくなるほど、バレエ狂時代ですな。はやりかぜみたいに、女の子は舞踊病だ。近ごろ、金のはいるのは、新興宗教とバレエだろうって、税務署に言われた、舞踊家があるそうですよ。」

「しかし、このバレエ熱は、なにか、ただごとじゃないと、ぼくは思うんです。古典バレエは、日本人の生活や体格に合わない、基本があやふやだ、いい加減な振りつけで、発表会をやる、それは、お小言の通りでしょうが、津々浦々まで、無数の女の子が、跳んだり、はねたり、まわったりし出したのは、おそろしいですよ。つまり、捨て石が、多くなるわけですからな。そのうちから、生まれるものがある。くずを山とつまないとね。いんちきな教師でも、多いほどいい。バレリイナのなりぞこないも、多いほどいい。ものごとの盛んになるのは、そういうことでしょう。ぼくは大いに楽観して、日本のバレエも有望、ぼくの仕事もね。」

と、沼田は調子づいて、

「バレエの教習所が、東京で、六百から千になっても、おどろくにあたらない。下には下が出来て、奥さんのけいこ場が、自然に、持ち上げられて来るわけでしょう。」

「ちょっと妙なおっしゃり方ね。」

「とにかく、引っこみ思案の時じゃありませんな。波子夫人も、バレエで生活なさい。」

「生活って……？」

「まさか……。」

「生活ですよ。もっと、商売気を強くして、職業と言うと、失礼ですか。しかし、このごろ、バレエを習う女の子は、職業にしよう、専門家になろうというのが、多いですな。」

「そうですわ。私はそれがおそろしいの。」

「それでなくちゃ、だめですよ。お嬢さまのお道楽ではね……。奥さんの持ち出し時代に、ぼくはずいぶんお世話になってますから、こんどは御恩返しに、いくらでも働きます。手はじめに、波子夫人の発表会をやりましょう。春早々、シイズンの先きがけが、いいです。矢木先生なんか、ぼくは問題じゃないから、談判しますよ。波子夫人を煽動(せんどう)していると、この前にも、先生に言ってあります。」

「矢木はなんて言ってましたの？」

「四十女が踊ったところで、次の戦争までの、短いあいだだ。ふうん、二十なん年、奥さんを食って来て、短いあいだもないもんだ。なんですか、あの人は……。ぼくの持つ時計は、昔から、一分と狂ったためしがない。女房(にょうぼう)を狂わせておいて、なにが時計ですか。」

「私が狂ってますの？」

「狂ってます。矢木先生の、しみったれた頭ほど、狂ってはいませんがね……。奥さん、恋愛をなさい。恋愛で、ねじを巻き直しなさい。」

沼田は大きい目で、波子を見つめた。

「もうそろそろ、離婚なさっても、いい時でしょうな。踊れるのが、短いあいだなら
ね……。花が咲いたように、今日は美しいし……。」

「どうなさったの？」

「こちらから聞きたい。奥さん、ゆうべ、竹原さんと銀座を、歩いてらしたでしょう。

見られてますよ。」

沼田に見られたのかと、波子はぎくっとしたが、

「けいこ場のことで、ちょっと相談したのよ。」

「大いに、相談でも、なんでも、なさればいい。矢木先生に謀叛（むほん）のくわだてなら、ぼ
くは身方（みかた）ですよ。けいこ場だって、日本橋のまんなかで、東京駅は近いし、奥さんの
やり方によって、こわいほど発展しますな。ぼくがひとつ、手つだいましょうか。」

「ええ、まあ……。それよりも、私のところの友子ね、ごぞんじでしょう、あの子に、
お金の取れる道があったら、お願いしたいわ。」

「あの子はいい。しかし、あの子一人じゃ、売れますかな。品子嬢と組ませてみたら、

どうです。」

「品子は別、大泉バレエ団ですもの。」

「考えてみましょう。」

開幕のベルが鳴った。

沼田は波子の後から、重そうに立ち上った。

「奥さん、崔承喜(さいしょうき)の娘が、戦死したというの、お聞きになりましたか。」

「まあ。あの子が……？」

友禅模様の長いそでを着て、背高な細身の、十歳ばかりの少女が、波子に思い出された。舞踊会の廊下などで、ときおり見かけた。その子の肩あげが、目に浮かんで来た。薄い化粧をしていたかしら……。

「可愛(かわい)い子供だったけれど、そうね、もう品子ぐらいの年でしょうね。共産軍の女兵……？　踊りで、前線へ慰問に出て……？」

と言いながら、やはり、友禅の女の子としか思えない。

「崔承喜は、一時、満洲(まんしゅう)へ逃げたそうです。北鮮の国会議員ですからな。舞踊学校を、やってるということでしたが。」

「そう？　このあいだも、品子と、崔承喜の話をしたところよ。あの女の子が、戦死したんですの?」

波子は座席についてからも、少女の姿が消えなかった。それが波子自身の胸騒ぎと、一つになるようだった。

沼田の例の調子が、少し度を過ぎるので、聞きあやしんでいると、竹原と二人のところを、見つけたという。それはしかたがないとして、今夜も、竹原とここで会うはずなので、沼田の目をどうしてのがれたものかと、波子は困っていた。

竹原がおくれて来るのは、わかっているのに、波子は客席を見まわしたり、とびらを振りかえったりして、落ちつかなかった。

沼田が言う通り、波子の身方にはちがいない。マネエジャアとしても、沼田に使われたというよりも、波子が使った方だった。また、沼田は長いあいだ根気よく、波子につきまとって、すきをねらってもいた。娘の品子までを、その道具に使おうとした。波子が固くて、落ちそうにないと見て、沼田は第二番目を待つと言ったりもした。つまり、波子がほかの男と恋愛をして、それで崩れたところを、つかまえる魂胆だ。波子は沼田を、気安くも思い、気がゆるせないとも思っていた。

ここ二三年、波子はなるべく沼田をさけて来た。自然、沼田も遠ざかった。顔を見ると、沼田は矢木の悪口にきまっていて、波子の心が矢木を離れてゆくほど、それがかえっていやだった。

「長崎の絵踏」は、長田幹彦作、五幕七場の新作舞踊劇で、殉教が悲恋となり、悲恋が殉教となる物語だった。

作曲は大倉喜七郎（聴松）だから、大和楽団の演奏だった。洋楽器もつかった、日本風な音楽というか、この劇では、清元も出るし、聖歌の合唱もあった。

諏訪神社の秋祭が、第一景である。神社の祭の日としたのは、禁制のキリシタンに反対色のため、また祭の踊りのためだろうが、

「ペトルウシュカの祭を見た後で、日本の祭はさびしいですな。」

と、休憩の時に、沼田は言った。

「日本のものかなしさ、そのもののようだ。」

沼田につかまるので、波子は次の幕間から、廊下へ出ないことにした。

昨日、竹原に入場券を渡しておいたが、離れた席なので、波子はよけいそわそわした。

終り近くまで待たせて、第六景の前に、竹原はやっと来た。とびらのところに立って、下の座席を、目でさがした。

「ここよ。」

と、波子は呼ぶように立つと、あがって行った。

「ああ、おそくなりました。」

「いらして下さらないのかと思っていたわ。」

波子はふっと竹原の手を取っていた。気がついて離すと、波子の手のなかに、竹原の手袋が、片一方あった。手袋をぬぐ、手つだいをしたのだろうか。

「ペッカリイ……？」

波子は手袋を、持ち上げて見てから、竹原のポケットへ入れた。

「ペッカリイって？」

「野じしの皮。」

「知りませんね。」

「沼田さんが来ていますのよ。ゆうべ、銀座で、私たちを見たんですって……。」

「そうですか。」

「ここで、また見つからないように、出たいわ。」

波子は座席の方へ、段をおりようとして、

「あら。脚が少うし変よ。お待ちするのに、ひざの上のところへ、力を入れてたんですわ。」

と、肩をやわらげて、離れて行った。

幕があがると、しおき場であった。

殉教者たちが、無慙(むざん)な姿でひかれてゆく。清之助(せいのすけ)という細工人も、はりつけにされる。恋人のおいちが、夜の刑場へ忍んで来て、十字架にかかった清之助の、美しい死顔を見ながら踊る。

その吾妻徳穂の踊りに、波子は涙が出た。竹原が来たので、踊りがすっかり見えた。感動が真直ぐで、みずみずしくて、とめどがない。自分に感動しているようだった。

しかし、幕がおりかかると、波子はさっと立って、竹原を呼ぶように出た。竹原も波子の方を見て、誘われて来た。

「もう一場、絵踏みがあるけれど、逃げ出しましょう。」

「逃げますか。」

「こわいんじゃないの。もう、こわいって、言いませんわ。」

沼田に見つからぬように、逃げ出すのだとばかり、竹原は思っていたが、もう、こわくないと言う、波子の声の、底からなまめかしいのに、はっとおどろいた。

「せっかくいらして、一場しか、御覧になれなかったのね。」

波子はそれが、むしろ楽しそうに言った。

「私も一場しか、見ないようなものですわ。でも、吾妻さんの踊りには、きっと魔力がありますのね。私がうわの空でいて、ひょっと目がさめると、舞台で、あの人が踊っているんですの。いしょうもきれいだったわ。えんじのビロオドに、銀の波をつけたの、黄色いビロオドに、草花をぬいとりしたの、二つとも、ビロオドのきものでしょう。」

そして、波子は手の紙づつみを、竹原に見せた。

「竹原さんに、よさそうに見えたから、マフラを買いましたのよ。」

「ぼくに……？」

「お似合いにならないと、困るわ。」

「似合いますよ。おたがいに、長いこと、おたがいの姿を、心に持って来たんだから、似合うにきまってますよ。」

「まあ、よかったわ。」

しかし、波子は気がすまないようで、友子の話をはじめた。指輪を売って、友子に金をとどけ、このマフラも買ったと言った。

波子の結婚前から、竹原とのあいだは、近づいたり、遠のいたりして、二十年の上になるが、なにかと竹原に打ちあけて話すのは、今にはじまったことではなかった。

波子は多少ためらいながら、矢木の秘密の貯金の話をした。

「そうですかねえ。」

竹原はちょっと考えこむようだった。

「なんだか、お気の毒じゃないですか。」

「矢木が……？」

「しかし、お気の毒というような、なまやさしいものではないかもしれませんね。」

二人は日比谷の電車通をさけて、暗い道を歩いて来たのだが、スバル座の前の明るみへ出て、なんとなく、波子が振り向くと、そこに高男が立っていた。

高男は母を見つめていた。

「お母さん。」

と、高男が先きに呼んで、スバル座の切符売場から、おりて来た。

「まあ、どうしたの……？」

波子は足を踏みしめた。

高男は友だちと、入場券を買いに来たと答えた。波子は短く、

「ええ。松坂君を、お母さんに紹介したいんですけど……。」

そう言ってから、高男は竹原にも、あいさつをした。素直な風なので、波子は少し落ちついた。

「今ごろ……?」

「松坂君です。このごろ、一番親しくしている、友だちです。」

高男のそばに立った、松坂を見ると、波子は夢で妖精に会うような、印象を受けた。

「どこかで休みましょうか。高男君も、どうですか。」

と、竹原は波子にともなく、高男にともなく言った。

銀座へ渡って、近くのオウシャアルにはいった。

入口で、竹原が帽子をあずけるのに、波子はマフラのつつみを、陰から出して、

「お帰りに、これもお受け取りになって……。」

## 山のかなた

研究所へ新入りの少女を、四人つれて、品子は銀座の吉野(よしの)屋へ行った。

十三四の女学生だが、一つのクラスから、四人がいちどきに、入門して来たのは、さすがに珍らしい。四人とも、バレリイナを夢みている。

さっそく、トウ・シュウズを買うという。いきなりトウで立つのではないからと、品子がたしなめてみても、少女たちには、トウ・シュウズが、あこがれの足がかりなのだろう。

品子はくつ屋へ、案内させられた。

吉野屋の店にはいると、少女たちはトウ・シュウズに、誇りを感じるらしく、ただのくつを買う女の客を、見くだすような目つきだった。

つれの男に買ってもらう女たちには、それらしい表情が、いろいろあるし、一人で買い迷う女には、えらく深刻だったり、ぼうっとのぼせているのもあって、それを離れてながめると、品子も妙な世界に見えた。

品子はこれから、母のけいこ場に寄って、帝劇へ「プロメテの火」を見に行くと言った。少女たちははしゃいでいて、その両方に、ついて来たがった。

「おけいこ場で、さっそくみんなで、これをはいて立ってみたいわ。いいでしょう。」

と、少女は銀座通で、女学生ぐつのかがとをあげて立った。

「だめよ。大泉研究所の人が、よそのおけいこ場で、トウ・シュウズをはくなんて、とんでもないことだわ。」

「品子さんのお母さまですもの、よそじゃないわ。」

「お母さまだから、なおいけないのよ。私がなんて言われるかしれないわ。」

「おけいこを見るだけならいいでしょう。見たいわ。」

「見学もだめ……。大泉へはいったばかりで、よそを見学するなんて……。」

「それじゃ、入口まで、送ってもいけないの？」

「プロメテの火」を見ていると、夜おそくなるので、品子は少女たちを帰そうとして、江口舞踊団は、クラシック・バレエのテクニックとはちがうからと言ったが、少女の一人は、

「参考になるわね。」

「参考に……？」

と、品子は笑い出した。

しかし、少女たちの希望と好奇心とは、波子のけいこ場まで、品子を取り巻いて来た。

けいこを終えて地下室から帰る少女たちを、品子のつれの少女たちが、真剣な目つきで見た。これはトウ・シュウズの同類だから、ただのくつの女ではないわけだ。

品子は少女たちと別れて、けいこ場におりて行った。

波子は小部屋で、五六人の生徒といっしょに、着がえをしていた。

こちらで待ちながら、品子は小机の上に出ていた、レコオドをかけた。ベエトオベンの「スプリング・ソナタ」であった。

この曲に、母は竹原の思い出があることを、品子も知っている。

「お待ち遠さま。」

と、波子は出て来て、ここの鏡で髪を見なおしながら、

「品子、高男のお友だちの、松坂という子に、会ったことある……？」

「そのお友だちのことは、高男に聞きましたわ。見たことはないけれど、たいへん、きれいな人なんでしょう？」

「きれいよ。きれいと言っても、不思議な美しさね、妖精のような……。」

と、波子は幻を追うようで、

「ゆうべ、高男に紹介されたの、帝劇の帰りにね。」

波子が「長崎の絵踏」を見に行ったことは、品子も知っているし、竹原と会ったことも、高男に見られたから、どうせ知れるだろう。そう思って、波子は言った。

「こんな人もいるのかという気がしたわ。地上の人でないようだけれど、天上の人でもない。日本人離れしていて、西洋くさくもない。色は黒い方なんでしょうけれど、黒いんじゃなく、小麦色でもなく、なにかこう、皮膚の上に、もう一皮、微妙な光りの皮膚があるようだわ。女の子みたいで、男らしくもあって……。」

「お化けか、仏さま……？」

品子は軽く言いながら、母をいぶかしげに見た。

「お化けの方でしょうね。ああいう人と、お友だちになっている高男まで、妙に思えて来たほどですもの。」

不吉の天使のような印象を、波子が松坂から受けたのも、ほんとうであった。

竹原と歩いているところへ、不意に高男が現われて、波子は足がすくみ、目の前が暗くなった、そのやみのなかに、松坂がぼうっと怪しい光りのように立っていた。そういう印象だった。

沼田に見つかり、また高男に見つかった。波子は行く手をふさがれ、運のつきかと感じた時に、思いがけない、松坂がいあわせた。

オウシャアルにはいってからも、波子は紅茶をすすりながら、松坂を見るともなく見た。これで竹原とのあいだが、なにか最後になりそうな、また、なにか破局になりそうな、一つの時に来て、波子は胸をしめつけられているのに、なんのかかわりもない松坂が、この場にいて、妖精のように美しい。運命のなにかの暗示かとも、波子には思えた。

高男が友だちといっしょなのに、不思議はないから、松坂の美しさが、不思議に働きかけるのだろう。

奥まった席で、広間との境には、薄いカアテンがあった。松坂の顔が、カアテンの水色に浮かび、カアテンをすかして、広間がおぼろに見えていた。波子は竹原と別れて、高男と帰るほかはなかった。

今日になっても、波子は松坂の印象が、自分の影のように残っていた。

「いつごろから、高男はお友だちなの？」

「このごろじゃありませんの？　ひどく親しいらしいわ。」

と、品子は答えて、

「お母さま、後をかけましょうか。」

「いいわ。行きましょう。」

「スプリング・ソナタ」のレコオドは、一枚目の裏で、第一楽章、アレグロの終りだった。

品子はレコオドをしまいながら、

「いつ、こっちへお持ちになったの？」

「今日。」

今日は竹原に会えないと、波子は思った。

波子は二日つづけて、帝劇へ行くことになる。

今日は、江口隆哉、宮操子の公演の第一夜で、舞踊家たちや、舞踊批評家、音楽記者など、招待客のうちには、波子の知り人も、少くないだろうから、竹原は誘えなかった。ゆうべで、こりてもいた。

また今日は、品子が波子を誘ったのだった。母がゆうべ、竹原と会ったことは、品子も高男に聞いていたが、今日も母が、竹原に会いたくているとまでは、気がまわらなかった。

波子は竹原に、電話をかけるつもりで、生徒たちのいなくなるのを、待っていた。しかし、品子が来たので、それも出来なかった。

父思いの高男に見つかったが、ゆうべから今朝にかけて、矢木はなにも言わないし、なにごともない。ただ、それだけのことを、波子は竹原に、しらせておきたかった。そうして、竹原の声を聞けば、気がすむのだろう。

電話しなかったのが、波子はせつなかった。

「このごろは、舞踊会に行っても、なんだかいやだわ。」

「どうして……？」

「昔から知ってる人に、見られたくないのかしら……？　向うも、あいさつに戸惑うようだし、私はどうしていていいのか、困るようだわ。時代が移ったのよ。私の席はもうないんでしょうね。忘れていた人に出会ったという顔も、されるのよ。」

「そんなことないわ。お母さまは、御自分で、そんなことおっしゃるの？」

「そうよ。戦争のあいだに、置き去りにされたことは、たしかだわ。自分で自分を、そうしたのかもしれないわ。戦前の人が、戦後に感じる、厭世ね。これは世間に、多いんでしょうね、心が弱いと……。」

「お母さまは、心だって、弱くはないわ。」

「そうね。私がこんなだと、お子さまを弱くしますよって、忠告されたことがあるの。」

あの時、竹原から、その忠告をされた、皇居の堀端に向って、波子は歩いていた。

京橋から馬場先門への電車通、国鉄のガアドをくぐると、並木は大きいが、落葉しつくして、皇居の森に、細い夕月が出ていた。

波子はむしろ、心の若い炎のゆらめきで、つい逆のことを、口に出していたようだが、

「やはり、舞台で、踊っていないと、だめなのよ。宮さんたちは、さすがにえらいわね。」

「宮さんの(リンゴの歌)……? それから、(愛とスクラム)……?」

と、品子は踊りの名を言った。

「リンゴの歌」は、詩の朗読につれて、パンパン娘を踊る。「愛とスクラム」は復員者の群舞、色はあせ、汗にまみれた兵隊服、また白シャツに黒ズボン、女はワンピイスで踊る。

古典バレエには、まずないことで、戦後生活の現実の姿も、なまなましく入れた踊

りを、品子は前に見ておぼえていた。

「戦争前からの人が、立派に踊っているのは、宮操子さんにかぎらないわ。お母さまも、踊りましょう。」

「踊ってみましょうか。」

波子もそう答えた。

六時開演の二十分も前に来たが、波子は人目をさけるように、座席でじっとしていた。今夜も、二階であった。

品子は、四人の女学生の話をした。

「そう？　四人で誘い合わせて……？」

と、波子はほほえんだが、

「でも、その女学生の年には、品子はもう舞台で、よく踊っていたわね。」

「ええ。」

「このごろは、お母さまのとこへも、四つか五つの子が、習いたいって、来ることがあるわ。バレリイナになるって言うの……。子供の意志じゃなく、母親がそうしたいのよ。日本踊りは、四つ五つから、習っている子があるし、西洋踊りにも、ないことはないけれど、私はおことわりするのよ。せめて、小学校へあがってから、いらして下さいって……。でも、そのお母さんを、私は笑えないわ。品子が生まれた時から、踊りをやらせたいと思ったんですものね。子供の意志でなく……。」

「子供の意志よ。四つ五つの時に、もう品子は、踊りたかったんですもの。」

「母親が踊っていたし、踊りの会にも、こんな小さい子の……。」

と、波子はひざの前へ、掌を浮かせながら、

「品子の手をひいて、つれて行ったから……。」

しかし、器楽の神童なども、親がつくるようなものだ。殊に日本の芸ごとでは、家元だとか、流儀だとか、名だとか、親から子に伝える、定めが多くて、子は運命にしばられたようなものだ。

品子と自分とのことを、波子はそこまで持って行って、考えてみる時もあった。

「こんな小さいころから……。」

と、こんどは品子が、手を前に出して、

「お母さまのように踊りたいと、品子は思っていたのよ。いっしょに舞台へ出られた時は、うれしかったわ。もう、なん年前のことかしら……。お母さま、また踊りましょう。」

「そうね。お母さまの踊れるうちに、舞台で、品子の引き立て役をしておきましょうか。」

昨日も沼田から、春の発表会をすすめられた。

しかしその費用をどうするか、波子は今、なにもあてがない。竹原の姿が、心にあるので、それと結びつきそうになるのを、波子はおそれた。

「女学生が来ているか、さがしてみますわ。テクニックがちがうからと言って、帰ろうとしたのに、参考になるんですって……。おどろいたわ。」

品子は立って行った。開幕のベルで、もどって来た。

「帰ったらしいわ。三階の席かもしれないけれど……。」

前に短い踊りがあって、「プロメテの火」は、第三部だった。

菊岡久利作、伊福部昭作曲で、東宝交響楽団の演奏だった。

ギリシャ神話のプロメテを、四景に描いた、舞踊劇だが、プロロオグの群舞から、古典バレエとのちがいに、品子は目をひかれた。

「あら。スカアトがつながっているわ。」

と、品子はおどろいて言った。

十人ばかりの女が、プロロオグを踊る、その女たちのスカアトが、つながっているのだった。一つのスカアトのなかに、幾人もの女がはいって、踊るのだった。生きた波をひるがえしながら、横にも、ひろがったり、すぼんだりして、暗い色のスカアトは、なにか象徴的な前奏に見えた。

そして、第一景は、火を持たない人間の、暗黒の群舞、第二景では、プロメテが枯れあしで、太陽の火を盗む踊り、その火を与えられた、人間の歓喜の群舞が、第三景であった。

火を盗んで、人間に与えたプロメテは、終りの第四景で、コオカサスの山上の、岩にしばられている。

第三景の火の踊りが、この舞踊劇の盛りあがる、山であった。

暗い舞台の正面に、プロメテの火が、赤く燃えている。その火が、人間の手から手へうつされてゆく。火を与えられた人間の群が、やがて舞台にあふれて、火の歓喜を踊る。五六十人の女に、男も加わって、手に手に、燃える火をかざして踊り、その焔(ほのお)の色で、舞台も明るくなった。

波子も品子も、舞台の火が、自分の胸にも、燃えひろがるように感じた。

いしょうはみな地味だから、薄暗い舞台では、裸の手と脚との動きが、なまなましく生きた。

　この神話の踊りの、火はなにを意味するのだろうか。プロメテはなにを意味するのだろうか。

　終った後で、品子は頭に残る、踊りを追いながら、そう考えてみると、どのような意味にも、考えられそうに思えた。

「人間の火の踊りがあって、もう次の場で、プロメテが、山の岩にしばられているのね。」

　と、品子は波子に言った。

「黒わしに、肉や肝を食われて……。」

「そうね。四景とした構成も、よかったわね。場面から場面の移りが、はっきりと印象的でしょう。」

　二人はゆっくりと出た。

　四人の女学生が、品子を待っていた。

「あら。来ていたの？」

　と、品子は少女たちを見て、

「さがしてはみたのよ。見つからないから、帰ってくれたんだと思ったのに……。」

「三階にいたんです。」

「そう？　おもしろかった？」

「ええ。よかったわね？」

と、一人の少女は、つれの少女に問いかけながら、

「でも、気味が悪いようで、こわいところもあったわね？」

「そう？　早くお帰りなさい。」

しかし、少女たちは、品子の後をついて来て、

「舞踊家でも、三階の席にいる人がありますの？」

「舞踊家って、だれ……？　なんという人？」

「香山とか言ったわね。」

その少女は、また、つれの少女を、問いかけるように見た。

「香山さん……？」

と、品子は立ちどまった。

「香山さんだって、どうしてわかったの？」

品子は向き直って、少女を見つめた。

「私たちのそばの人が、話してたのよ。香山が来ているって……。あれは、香山だろう……。」

「そう？」

品子は顔をやわらげて、

「その、香山が来ていると言ったのは、どんな人……？」

「話してた人……？　そんなの、よく見てないけれど、四十くらいの、男の人でした。」

「香山という人は、あんたも見たの？」

「ええ、見ました。」

「そう？」

品子は胸がつまって来た。

「そばの人が、香山という人を見て、なにか言ってるから、私たちも、そっちを見ただけですわ。」

「なんて言ってたの？」

「香山という人は、舞踊家なんでしょう？」

と、少女は問うように、品子を見ながら、

「なにか、その人の踊りの話をして、今はどうしているんだろう？　やめていて、惜しいものだって……？」

十三四の女学生たちは、香山を知らぬわけだ。戦後に、香山は踊っていない。香山は埋もれてしまった。

その香山が、帝劇の三階にいたとは、信じられないようで、品子は波子に、

「ほんとうに、香山さんでしょうか？」

「そうかもしれないわ。」

「香山さんが、（プロメテの火）を、見にいらしたの？」

と、品子は言った。波子にたずねるよりも、自分にたずねる風で、声が深くなった。

「三階にいらしたの……、人に見られるのが、おいやなんでしょうね？」

「そうかもしれないわ。」

「こっそりかくれても、踊りが見たいというように、香山さんの気持が、変って来たのかしら……？　わざわざ伊豆から、出ていらしたんでしょう？」

「さあ？　なにかで、東京へ出て来た、ついでかもしれなくてよ。（プロメテの火）のポスタアを、どこかで見て、ちょっとのぞいてみただけじゃないの？」

「ちょっとついでに、というような人じゃないんですもの。香山さんが踊りを見に来

るのには、きっと、思うところがあるのよ。そうにちがいないわ。もしかすると、品子たちの公演も、こっそり見にいらしてたんじゃないかしら……？」

品子の想像が羽ばたくのを、波子は感じた。

「香山さんは、踊りを熱心に見ていた……？」

品子は少女に聞いた。

「知りませんわ。」

「どんな風だったの？」

「洋服……？　そんなに、よく見なかったわね。」

少女はつれの少女と、顔を見合わせた。

「あのかた、東京へいらしていて、私たちには、知らせて下さらないのね？　そんなこと……？」

と、品子はかなしむように、

「それから、私たちが二階にいて、香山さんが三階にいて、それが品子に、感じられないのね。どうしてでしょう。」

そして、ふと波子に顔を近づけると、

「お母さま。香山さんは、まだ、きっと東京駅よ。さがしに行ってもいい……？」

「そうね？」

波子はなだめるように答えた。

「香山さんが、かくれて来ていたのなら、かくれさせておいた方が、よくはないの？見つかるのは、いやでしょう。」

しかし、品子は気ぜわしく、

「踊りをすてた香山さんが、どうしてまた、踊りを見にいらしたか、それだけでも、品子は聞きたいわ。」

「それじゃ、いそいで行ってみる？　駅にいるかどうか、わからないけれど……。」

「いいわ。品子が先きに行ってみます。お母さまは、後からいらして……。」

と言って、品子は足を早めながら、四人の女学生に、

「あんたたち、早くお帰りなさいよ。」

波子は品子のうしろ姿を呼んだ。

「品子、駅で待っていて……。」

「はい。横須賀線のホウムにいます。」

品子は小走りしていたが、振りかえって、母の姿が遠ざかると、ほんとうに走り出

した。

いそげばいそぐほど、香山の東京駅にいることが、まちがいなく思われ、しかも、今にもいなくなりそうに思えるのだった。

息が荒くなるにつれて、品子の胸は波立ち、その波につれて、炎の群が揺れるようだった。

「プロメテの火」の舞台で、人間の群が、手に手にかざして踊った、あの火が、自分の体のなかに、見えるのだった。

炎の群の向うに、香山の顔が、浮かんだり、消えたりした。

両側の古い洋館が、ほとんどみな、占領軍に使われている、薄暗い道で、人通りの少いのをさいわい、品子は走りつづけて、

「フェッテ・アン・トゥルナン（回転）、三十二回、三十二回、……。」

と、つぶやいて、苦しさをまぎらわせた。

「白鳥の湖」の第三幕で、白鳥姫に化けた、悪魔の娘が、片足で立って、くるくる廻りながら踊る。その回転を三十二回、あるいはそれ以上、美しく続けるのが、バレリイナの誇りとなっている。

品子はまだ、「白鳥の湖」の主役を、踊らせてはもらえないが、このフェッテの回

数をふやす練習は、よくやってみるので、その「三十二回」が、息苦しい時のかけ声にも出るわけだ。

中央郵便局の前まで来て、品子は足をゆるめた。

八方に目を配りながら、横須賀線の乗り場にあがって行くと、湘南(しょうなん)電車が待っていた。

「きっと、この電車だわ。ああ、間に合った。」

品子は息を静める間もなく、電車の窓から窓を、のぞいて歩いた。立っている人の影に、香山がいたのではないかと、一度見て通った客車にも、心が残った。

後尾まで行けないうちに、発車のベルが鳴った。品子はとっさに乗った。

「あっ、お母さま……。」

波子とこの乗り場で、待合わせるはずなのを、思い出したが、

「大船でいいわ。」

品子は客車の通路に立ちながら、乗客を見まわした。

香山はこの電車にちがいないから、くまなくさがそうと、品子は思った。

新橋駅で、電車はなおこんで来た。

電車が横浜へ着くまでに、客車をみんな、渡り歩いてさがした。

しかし、香山はいなかった。

「次の汽車か、電車かしら……。」

香山は久しぶりで、東京に出たのだろうから、銀座あたりを、ぶらついているのかもしれない。

横浜駅で、一つ後の汽車に、乗りかえてみようかと、品子は迷った。

でも、やはりこの電車に、香山がいそうな気もする。一度では、見落したのではないか。大船に来て、降りる時になると、品子はなおそう思えた。

電車の窓を、いちいちのぞきながら、ホウムを歩いた。電車が動きはじめると、立ちどまって見ていた。

窓のなかの人が、早く流れ出すにつれて、品子はこの電車に、吸い寄せられるようだった。

沼津行きだから、香山は熱海（あたみ）で、伊東（いとう）線に乗りかえる。品子もこの電車で行って、熱海駅か伊東駅かで、いきなり香山の前に立ったら……。

品子はしばらく、電車を見送った。

電車の消えて行った、夜の野に、プロメテの姿が浮かんで来るようだった。

コオカサスの山上の、岩にしばられた、プロメテである。荒わしに、肉や肝をついばまれ、颪に打たれ、雪にさらされている。山のふもとを、白い女牛が通る。大神の妃、ジュノのしっとで、美しい乙女のアイオが、このような姿に変えられた、女牛である。プロメテは、アイオの女牛に言う。南に行き、さらに遠い西、ナイル河のほとりに出よ。そこで、女牛は乙女の姿にかえり、国王の妃となり、その血筋から、勇士ハアキュリイズが生まれて、プロメテの鎖を、たち切るであろう。

女牛のアイオは、宮操子が踊った。その訴えるような、あこがれるような、なにかせつないなぞをこめた踊りも、品子に見えて来て、わけもなく、自分がアイオで、香山がプロメテのように思われるのだった。

品子は横須賀線にのりかえて、すぐ北鎌倉でおりると、母を待った。

「ああ、品子、どこに乗っていたの？」

と、波子はほっとして言った。

「湘南電車で来たの。東京駅にいそいで行くと、湘南電車が出るところだったの。きっと、香山さんは、これだと思って、乗ってしまったの。」

「それで、香山さんはいたの。」

「乗っていなかったの。」

駅を出て、円覚寺の方へ、線路を渡るまで、二人ともだまっていた。

そこの桜の影が、小路に落ちているのを見ながら、波子は言った。

「東京駅に、品子がいないでしょう。香山さんと、どこへ行ったのかと、お母さまは思ったのよ。」

「香山さんと、駅で会えたら、お母さまを待っていたわ。」

と、品子は答えたが、落ちつかぬ声だった。

今夜、帝劇の二階と三階とにいたということで、品子には、香山がぐっと近くに迫って来ていた。

二人が家にもどると、矢木は茶の間の置きごたつで、高男と向い合っていた。

高男は少しばつの悪い顔をして、

「お帰りなさい。」

と、波子を見上げながら、

「今日、松坂に会ったら、お母さんによろしくって、言ってましたよ。」

「そう?」

矢木はふきげんそうに、だまっていた。高男と二人で、波子のうわさをしていたらしい。

波子は息苦しいものを感じた。

「松坂は、お母さんのきれいなのに、おどろいてましたよ。」

と、高男が言った。

「私の方が、あの人のきれいなのに、おどろいたのよ。高男のどういうお友だち……？」

「どういうお友だちって……？」

高男は目を曇らせるように、ふとはにかんだ。

「ぼくは、松坂といると、幸福なような気がするんです。」

「そう？　あの子は、幸福を感じさせるかしら……？　なんだか、妖精(ようせい)を見ているように、お母さまは思ったけれど……。少年から青年に移る時が、男の子にはあるでしょう。急に変る人もあるし、変り方の目立たない人もあるし、いろいろね。だけど、あの人は、その移りめに、ぼうと浮いてるようだわ。」

「高男も、その移りめだね。」

矢木が横から言った。

「だいじにしてやれよ。」

「はあ……。」

波子は矢木を見た。

「今夜も、竹原君といっしょか。」

「いいえ、品子と……。」

「ふうん。今夜は、品子といっしょか。」

「ええ。品子が、おけいこ場へ、誘いに来てくれて……。」

「そうか。品子といっしょなのはいいが、しかし、このごろお前は、高男といっしょだったことはあるのか。竹原君と歩いて、高男に出会って、いっしょになったというような時のほかに……？」

波子は肩がふるえそうなのを、じっとおさえた。

「お前は、高男とは、別にいたいのか。」

「まあ……？　高男のいる前で、なにをおっしゃいますの？」

「かまわない。」

矢木は静かに言った。

「高男が生まれてからだって、もう二十年になる。そのあいだ、家族というと、ただの四人じゃないか。だいじにし合って、暮したいもんだね。」

「お父さま。」

と、品子が呼んで、

「お父さまが、お母さまを、だいじにして下されば、みんなも、だいじにし合えるんでしょう。」

「ふうむ……？ 品子は、そう言うだろうと思ったよ。しかし、品子にはわからんよ。品子の目には、お母さんが、お父さんのぎせいになっているとでも、見えるんだろう。ところが、そうじゃない。長年の夫婦というものは、一方が一方を、ぎせいにするなんて、まあないことだね。たいてい、共倒れさ。」

「共倒れ……？」

品子は父を見つめた。

「倒れたら、起こし合わないんですか。」

と、こんどは、高男が口を入れた。

「そこがね……。女は自分で倒れておいて、夫が倒したのだと思う。」

「そうして、夫に倒されたと思うから、別の手に起こしてもらいたいと思う。自分で倒れておきながらね。」

と、矢木は同じことをくりかえしながら、「別の手」という言葉をはさんだ。

「お父さまも、お母さまも、倒れていらっしゃらないわ。」

品子がまゆ根を寄せて言った。

「そうか。それじゃ、お母さんが、よろめいているんだろう。品子。品子はお母さんびいきだが、お母さんが竹原君と、妙なつきあいをつづけて、いいと思うか。」

「いいと思います。」

品子ははっきり答えた。

矢木はおだやかにほほえんだ。

「高男はどうだ。」

「ぼくはそんなことを、聞かれたくないと思います。」

「それはそうだな。」

と、矢木はうなずいたが、高男は鋭く追っかけるように、

「しかし、お母さんがよろよろなさってるのは、たしかですね。お父さんだって、見ていらっしゃるでしょう。うちの暮しが、苦しくなってゆくのを、お父さまは、見て見ぬふりのようでしょう。それがぼくにはつらいんです。」

矢木は、高男から顔をそむけて、波子の頭の上にある、額を見上げた。良寛の書で、

「聴雪」の二字であった。

「しかし、それにも、歴史がある。二十年の歴史を、高男は知らないよ。」

「歴史……？」

「うん。あまり言いたくないが、戦争の前は、うちも、まあ、ぜいたくに暮していたな。しかし、ぜいたくであり得たのは、お母さんで、ぼくではなかった。ぼくはぜいたくな思いをしたことはなかったよ。」

「だって、うちが困るようになったのは、なにも、お母さんのぜいたくのせいじゃないでしょう。戦争のせいですよ。」

「無論だ。そんなことを、言ってやしないよ。このうちのぜいたくな暮しのなかでも、ぼく一人は、心理的に、貧乏暮しをして来たという話さ。」

高男はつまずいたように、

「はあ……？」

「この点では、品子はもとより、高男も、お母さんのぜいたくの子供だよ。富める三人が、貧しい一人を養って来たわけだろうな。」

「そんなことおっしゃると……。」

高男はどもった。

「ぼくは、よくわかりませんが、なんだか、お父さんにたいする尊敬が、傷つけられるようですね。」

「ぼくが波子の、家庭教師をしていた、その時からの歴史を、高男は知らないからね。」

波子は矢木の言葉に、いちいち思いあたるものがあった。

しかし、いつになく、夫がこんなことを、なぜ言い出したのか、波子にはわからなかった。

「お母さんは、うちに積った憎悪(ぞうお)を、吐き出されたかと聞える。

これもどうかね。もし、二十年、ぼくに傷つけられたと思っているかもしれないよ。だが、これもどうかね。もし、お母さんが思うようだと、品子も高男も、生まれて来て悪かったということになりやしないか。二人で、そのことを、お母さんにわびるか。」

波子は魂の底まで、冷えてゆくように感じた。

「品子と高男と、二人で、お母さまに、おわびを言うんですの？　生まれて来て、悪うございましたって……？」

と、品子は問いかえした。

「そう。お母さんが、ぼくとの結婚を、悔んでいるならね……。それを押しつめてゆくと、そういうことにならないかね？」

「お母さまにだけ、おわびを言って、お父さまには、おわびしなくても、よろしいんですの？」

「品子。」

波子はきびしく、品子を呼んだ。そして、矢木に言った。

「子供に、どうしてそんなひどいことが、おっしゃれますの？」

「もののたとえさ……。」

「そうですよ。」

と、高男が口を出した。

「生まれて来たのが、どうのこうの、そんなことは、ぼくらは聞いても、実感がありませんよ。お父さんだって、実感なしに言ってらっしゃるだけでしょう。」

「もののたとえだな。二人の子供も、二十になった。それでもなお、お母さんが、ぼくにあきたりないとすると、女の空想力の根強さに、ぼくはおどろくわけだ。」

波子は肩すかしにあったように、とまどっていると、

「竹原なんて、平凡な俗人じゃないか。あの男の取り得は、波子と結婚しなかったということだろう。つまり、空想の人物だ。」

矢木は薄笑いした。

「女の胸に、打ちこまれた矢は、抜けないのか。」

なんのことか、波子はわからなかった。

「二人の子供も、二十になった。」

と、矢木はくりかえして、

「娘のころから、二十年というと、おおかたの女の一生だが、それをお前が、つまらん空想で、いまさら悔んでも、追っつかんだろう。」

波子はうつ向いていた。

夫の真意がどこにあるのか、ほとんど計りかねた。矢木の言葉は、それぞれ思いあたるものがあっても、一貫したつながりがないようだ。

竹原のことを責めるのに、落ちついた冷やかさで、波子をなぶっているのかと、疑えなくもない。

しかし、矢木自身の空虚と絶望も、波子は見せられたと思った。矢木がこんなに崩れたような、投げ出したような、ものいいをすることは、ついぞなかった。

矢木が子供の前で、自分の恥をさらけるなど、波子は見たことがなかった。

波子が傷ついたのなら、矢木も傷つき、波子が倒れたのなら、矢木も倒れたと、矢木は子供たちに認めさせたいらしかったが、その言い方は、品子と高男に、どうひびいただろうか。

「四人が、だいじにし合いたいとおっしゃるなら……。」

波子は声がふるえて、後が出なかった。

「品子も高男も、よく考えておくんだね。お母さんのやり方では、間もなく、この家を売って、みんな裸になるからね。」

矢木は吐き出すように言った。

「いいですよ、お母さん、なにもかも、早くなくしてしまいなさい。」

と、高男が肩をそびやかした。

この家には、門も垣(かき)もない。小山が円く庭を抱いて、その山の切れ目が、自然と入り口になっていた。山ふところで、冬はあたたかい、日だまりだった。

入り口の右と左とに、小さい離れがある。右手の離れは、もとは別荘番の住まいと言っても、波子の父の普請(ふしん)道楽が見える。戦後、竹原に貸しておいた時もあった。今は高男が使っている。波子が売ろうとするのは、この離れだ。

左手の離れには、品子がひとりでいた。

「姉さん。姉さんのところへ、ちょっと寄ってもいい？」

母屋を出ると、高男が言った。

品子は台十能に、火種を持っていて、その火明りが、暗い庭で、オウバアのボタンにうつった。

品子はうつ向いて、火鉢に炭をつぎながら、手もとがふるえた。

「姉さん。お父さんとお母さんのことを、姉さんは、どう思う？　ぼくはいまさら、おどろきもしないし、かなしみもしないよ。男だからね……。家というものにも、国というものにも、夢はないんだ。親の愛情がなくても、ひとりでいられるよ。」

「愛情はあるわ。お母さまだって、お父さまだって……。」

「それはある。しかし、お父さんとお母さんとのあいだに、愛情があって、それが一つに流れ合って、子供にそそがれるのならいいが、別々に流れて来るんじゃ、ぼくは、お父さんとお母さんと、両方を理解するのに、つかれてしまうんだ。今の不安な世界の、ぼくらの不安な年齢にとって、お父さんのいいぐさじゃないが、二十年も連れ添って来た、夫婦の不安なんて、なんですか。生まれて来て悪かったと、もしわびるなら、自分にたいしてでしょう。時代の不安にたいしてでしょう。親の知ったことじゃない。今の子供の不安は、親にしずめてもらえやしない。」

高男は言いつのりながら、やけに火を吹いた。

灰が立つので、品子は顔をあげた。

「お母さんが、妖精のようだと言ってた、松坂ね、彼はお母さんを見て、君のお母さんは、恋愛をしているね……。いたましい恋愛をね。それを見ると、人間の郷愁のようなものを感じるって、松坂は言うんだ。お母さんの恋をしている姿に、恋を感じるんだって……。お母さんが好きというよりも、お母さんの恋が好きなんだ。松坂は虚無なんだけど、なまめかしくぬれた花のような虚無だから……。松坂の魔力につかれたのかもしらんが、ぼくもお母さんの恋愛を、そう不潔だとは、感じなくなった。お母さんは、ぼくがお父さんのために、お母さんの見張りをしていると、憎んでるんじゃないの？」

「憎んでなんか……。」

「そうかな。たしかに、ぼくは見張りしていたんだよ。ぼくはお父さんびいきで、お父さんを尊敬しているにちがいないんだが、それはお母さんにかしずかれているお父さんで、お母さんに裏切られたお父さんは、幻滅だもの。」

品子は胸を突かれたように、高男を見た。

「しかし、もういいんだ。姉さん、ぼくは、ハワイの大学へ、ゆくことになるかもしれないよ。お父さんが、運動してくれてるんだ。日本においとくと、共産主義になられるのが、こわいらしい。きまるまで、お母さんには、ないしょにしとけと、お父さんが言うんだ。」

「まあ。」

「お父さん自身も、アメリカの大学の教師になろうとして、いろいろやっている。」

高男のハワイ行きも、矢木のアメリカ行きも、まだ確かな話ではないと、高男は言ったが、波子や品子にかくして、そんなもくろみが、矢木にあることは、品子をおどろかせた。

「お母さまと私とは、置き去り……？」

と、つぶやいた。

「姉さんも、フランスかイギリスへ、行けばいいと思うな。この家や、お母さんのものを、ぱっぱと売っちゃって……。こうしてたって、どうせ、なくなるんだから……。」

「一家離散……？」

「一つの家にいても、離れ離れじゃないか。沈んでゆく船のなかで、めいめい、もがいてるんだから……。」

「今の話だと、お母さまがひとり、日本に取り残されるわけなの？」

「そうなるかな……？」

高男の声は、父に似ていた。

「しかし、お母さんだって、解放されたいかもしれないんだ。一生のうちに、ほんのしばらくでも、まったく一人でいさせてあげたら、どうなの。二十年あまりも、ぼくたち三人を、養って来たんだろう？　そして今は、悲鳴をあげてるんだから……？」

「まあ？　なんて冷たい言い方をするの？」

「お父さんは、ぼくを日本においとくのが、あぶないと見たらしい。昔の人のように、ぼくらは国を、誇りとも、頼りとも、思っていないからね。ぼくはお父さんの見方が新しいんで、気に入った。出世や勉強のために、外国へ行くんじゃない。日本にいると、ぼくは堕落しそうだ、破滅しそうだ、その危険をさけるために、日本から追い出すんだろう。ハワイの本願寺に、お父さんの友だちがいて、その人に呼んでもらうはずだが、ぼくは向うで、働くんだ。日本へ帰らなくていいと、お父さんとぼくの意見が、一致してるんだ。世界の人になるという、希望のような、絶望のようなものでね、お父さんはぼくに、麻酔をかけたいんだよ。」

「麻酔……？」

「考えようでは、お父さんは息子を、国のそとに捨てようというのだから、お父さんの心理も、すごいところがあるよ。」

高男の細い手を、品子は見ていた。握りこぶしで、火ばちのふちをこすっていた。

「お母さんは、甘いな。」

と、高男は言い捨てて、

「しかし、姉さんだって、バレエをやるのなら、早く世界に出てみなければ、やはり、はかない一生で、終るんじゃないかな。世界のどこにいたって、一年は一年だ。このごろ、ぼくはそう思うと、この家に、未練はなくなっちゃった。」

父がアメリカか、南アメリカに、渡ろうともくろんでいるのは、次の戦争を恐れてだろうと、高男は言った。

「姉さん。この家の四人が、世界の四つの国に、それぞれ別れて生きて、日本のこの家を思い出したら、どういう愛情がわくだろうか。ぼくはさびしくなると、そんな空想もしてみるんだ。」

高男が向うの離れに帰って、品子は一人になると、おしろいを拭き取りながら、顔を鏡にすり寄せて、目のなかをのぞいた。

父や弟、男たちの心の底の流れが、なにか恐ろしいのであった。

しかし、鏡にうつる目を閉じると、山の岩にしばられたプロメテが見え、それが香山のように思えてならなかった。

その夜、波子は夫をこばんだ。

長い年月、あらわにこばんだことは、なかったようだし、こちらから、あらわにもとめたことは、ましてなかったのを、波子は奇怪と思いはじめてからも、女のしるしであるかのように、半ばあきらめていた。ところが、いざこばんでみると、こばむのは、なんでもないことであった。もののはずみに過ぎなかった。

とっさにどうしたのか、波子ははじかれるように、飛び起きたらしく、寝間着のえりを、かき合わせて、坐(すわ)っていた。

矢木はあっけにとられて、波子の体がどこか、痛いのかという風に、目を開いて見た。

「ここのところに、棒がはいっているようです。」

と、波子は胸から水落ちへ、まっ直(す)ぐに、なでおろしながら、

「さわらないで下さい。」

とっさに夫をこばんだ仕打ちに、波子は自分でおどろいて、顔が赤くなった。胸をなでる手つきも、子供じみた。

ひどくはにかんで、ちぢこまったように見えた。

それで矢木は、波子が総毛立ったとは、気づかなかった。

波子が枕もとの明りを消して、横になると、「棒がはいっている」という胸を、矢木はうしろから、やさしくなでた。

波子は背筋の肉が、ぴりぴりふるえた。

「これか……？」

と、矢木は固い筋をおさえた。

「よろしいんです。」

波子は胸をよじって、遠のこうとすると、矢木の腕が強く引き寄せて、

「波子。さっき、二十年、二十年と言ったが、ぼくは二十年の上、この女のほかの女に、さわったことがない。この女にしか、ひかれなかった。男の生涯としては、不思議な例外が、この女のために……。」

「この女なんて、おっしゃらないで下さい。」

「ほかには女がいるとは、ぼくは思えなかったから、この女と言うんだ。この女は、

しっとを知らずに来たろう。」

「知ってますわ。」

「だれに、しっとをしたの？」

今は、竹原の妻にしっとしているとも、波子は言えないが、

「しっとをしない女は、ありませんわ。見えないものにだって、女はしっとしますわ。」

そして、矢木の息が聞える、その臭いをさけるように、耳へ手をあてた。

「品子や高男が、生まれて来て悪かったというような、私たちでしたら……。」

「ふむ。もののたとえに、言っただけだが、しかし、高男の後に、子供の生まれなかったのは、どうしてなんだろうね。あとが出来ても、よさそうなもんだがね。思い出してみると、お前が踊りに、夢中になったころから、子供がないんだよ。そうだろう？　舞踊をはじめてつくった者は、悪魔であるとか、舞踊の行列は、悪魔の行列であるとか、キリスト教の坊さんが言ったが……。お前が踊りをやめてみたら、これからだって、もう一人や二人は、出来るかもしれないね。」

波子はまた、総毛立つようだった。

二十年ぶりで、子供を産むということなど、波子は思ってもいなかったが、矢木に言われてみると、底意地の悪い、いやがらせのようにも聞えた。

いかにもしかし、そういうまちがいも、ないとはかぎらない。波子は恐怖を感じた。

波子は竹原といて、ふと、恐怖の発作におそわれる時があったものだが、矢木といても、今夜は、恐怖の発作におそわれた。

「長崎の絵踏(えぶみ)」を見た後で、波子が竹原に、

「もう、こわいって、言いませんわ。」

と、ささやいたのは、これまでの恐怖の発作も、じつは愛情の発作ではなかったのかと、波子自身でさとったほどの、激しい変りようを、竹原に訴えたのであった。

しかし、矢木といて感じる恐怖は、愛情の発作とは、思えそうにない。強(し)いて愛情とのつながりをもとめるなら、それは、愛情の失われた恐怖であろうか。あるいは、愛情のないところに、愛情を描いていて、その幻の消えた、恐怖であろうか。

人間と人間との厭悪(えんお)で、夫婦のあいだの厭悪ほど、膚(はだ)ざわりの不気味なものはないとまで、波子も思い知るのだった。

それが憎悪になれば、最もみにくい憎悪だろう。

つまらないことが、どうしてか、波子に思い出される。

矢木と結婚して、まもなくのことだった。

「お嬢さんは、ふろのたき方も知らんね。」

と、矢木は言った。

「落しぶたを入れとくと、石炭の倹約になるんだ。」

そして、矢木はビイル箱をこわして、その落しぶたを、手づくりした。

湯のわき加減につれて、石炭のくべ加減のあるのも、ていねいに教えた。

波子はふろにはいる時、不細工な落しぶたが、湯に浮いているのを、きたないように思った。

矢木は落しぶたをつくるのに、三時間も四時間もかかった。波子はうしろに立って、ぼんやり見ていたので、その時の矢木の恰好(かっこう)が、今も思い出される。

このうちのぜいたくな暮しのなかで、矢木一人は、心理的に、貧乏暮しをして来たという告白は、今夜の矢木の言葉のうちで、いちばん波子にこたえたものだが、そう聞くと、足もともくずれて、暗い淵(ふち)に突き落された。

二十幾年、波子のもので食って来たのは、まるで根深い憎しみか、あだ討ちであったかのようだ。矢木と波子との結婚をしくんだのは、矢木の母であったが、矢木は母の魂胆を、根強く果したかのようだ。

矢木がいつもの手で、やわらかく誘うのを、波子はこばみつづけて、

「あんなことおっしゃって、品子も高男も、どう思っているか、気にかかりますから、見て来ますわ。」

と、起き出て行った。

ほんとうに庭へ出ると、星空を見上げて、波子は行き場がないように思った。

裏山とすれすれに、日本画の荒波に似た形で、白い雲がかかっていた。

## 仏界と魔界

品子が父の部屋へはいって行くと、矢木はいなくて、見なれない一行物が、床にかかっていた。

「仏界、入り易く、魔界、入り難し。」

と、読むのであろうか。

近づいて、印を見ると、一休であった。

「一休和尚……？」

品子は少し親しみを感じて、

「仏界は入り易く、魔界は入り難し。」

と、こんどは、声を出して読んだ。

禅僧の言葉の意味は、よくわからないが、仏界には、入りやすくて、魔界には、入り難いというのは、逆のようだ。しかし、そう書かれた文字を見て、自分の声で、そう言ってみると、品子もなにか、はっとした。

人のいない部屋に、その言葉がいるようだ。床の間から、一休の大字が、生きた目で、にらんでいるようだ。

しかも、父の今までいたけはいが、残っているので、かえって部屋は、なま温いさびしさだった。

品子は父の座ぶとんに、そっと坐ってみた。落ちつかない。

火ばしで灰をかくと、小さい炭火が出た。備前焼きの手あぶりである。

机の片隅の筆筒の横に、小さい地蔵が立っていた。

この地蔵は、波子のものだが、いつからか、矢木の机におかれている。

高さ七八寸の木像で、藤原時代の作だという。真黒によごれている。坊主頭の円みが、仏の円みだ。身の丈より高い杖を、片手に持っている。この杖ももとのもので、直線が強くて清い。

大きさからしても、愛らしい地蔵なのだが、しばらく見ていると、品子はこわくなって来た。

父は今朝も、こうして机に坐って、地蔵の木像を見たり、一休の字をながめたりしていたのかと、品子は思ってみながら、また床の間に目をやった。

はじめの「仏」という字は、つつしんだ真書で書いてあるが、「魔」の字に来ると、みだれた行書になっていて、品子はなんとなく、魔を感じるようで、これもこわかった。

「京都で買ってらしたのかしら……。」

前からうちにある、軸ではなかった。

父は京都で、一休の書を掘り出したのか、一休の言葉が気に入って、買って来たのか。

床の間の横には前にかかっていたらしい、軸物がかたづけてあった。

品子は立って見に行った。久海切れだった。

藤原の歌切れも、波子の父はこの家に、四五幅おいていたが、久海切れだけ残して、波子がみな売った。久海切れは、紫式部の筆という伝があるので、矢木がはなさなかったのだった。

品子は父の部屋を出てから、

「仏界は、入るに易く、魔界は、入るに難し。」

と、もう一度つぶやいてみた。

この言葉が、父の心と、なにかつながりがあるのだろうか。言葉そのものの意味も、品子には、いろいろに思えて、たしかにはとらえられない。

品子は父と、母のことも話したくて、母が東京へ出てゆくまで、けいこ場にいて、父の部屋へ来てみたのだった。

父のかわりに、一休の書が、なにか答えているのだろうか。

大泉バレエ団の研究所には、二百五十人余りの生徒がいた。

学校のように、生徒の募集と入学の時が、きまっているわけではなく、いつからでもはいれるのだし、また、休みつづけたり、来なくなったりする者もあって、始終、生徒の出入りがあるから、確かな数はとらえにくいが、二百五十人を下ることはなかった。そして、差し引きでは、ふえる一方であった。

大泉バレエ団のほかにも、東京のおも立った、バレエ団は、だいたい、二三百人の生徒を持っていると、見ていいであろう。

しかし、それらの数多い生徒は、きびしい試験をして、入れるわけではない。ほかの芸ごとの弟子と同じように、バレエを習ってみたいというだけで、たやすくはいれるわけだ。その少女が、バレエに適するか、行く末、舞台に立つみこみがあるかは、入門の時に、深く問うところでない。

東京にバレエの教習所が、六百もあり、大きい教習所には、生徒が三百もいるのなら、組織立った舞踊学校をつくって、素質のいい生徒をえらび、正規に、厳格に、教え育てればよさそうに思えるが、まだ、そんなくわだてはないようだ。

また、大泉の研究所でも、生徒の多くは、女学生である。学校の帰りみちに、けいこをしてゆく。

女学生クラスが、五組ある。

その下に、小学生の児童科がある。

女学生クラスの上に、年齢も技術も進んだ、クラスが二つあって、さらにその上に、マスタア・クラスがある。

マスタア・クラスは、その名のように、バレエ・マスタアであり、研究所長である大泉が、いつも指導し、共に勉強する、このバレエ団の主な踊り手で、十人しかいない。

女が八人、男が二人、品子もその一人である。年は品子が、一番若い。

マスタア・クラスの人たちは、助教師として、それぞれ下のクラスを、受け持っている。

これらのクラスのほかに、専科という組がある。勤め人のためのクラスで、年齢もまちまちであるし、バレエ団の公演にも、勤めにさまたげられて、舞台に立つことは出来ない。

品子は週に三度、マスタア・クラスの時間、それに助教師としてのけいこ日が加わって、たいてい毎日、研究所に通っていた。

研究所は芝公園の奥で、新橋駅から歩いても、十分ほどである。

今日も心が重いので、乗りものをさけて、ぼんやり歩いて来ると、研究所の入口に、小学校の五六年らしい、女の子をつれた、母親が立っていた。

「あのう、見学させていただいても、よろしゅうございますか。」

「はあ、どうぞ。」

と、品子は答えて、少女を見た。

バレエを習いたいとせがまれて、母親がついて来たのだろう。品子がとびらをあけて、その母子（おやこ）を、先きに通らせていると、なかから呼ばれた。

「品子さん、いいところへ来た。待ってたんだ。」

品子を呼んだのは野津で、ここの男性第一舞踊手だった。

野津はダンスウル・ノオブル、つまり、王女を踊るバレリイナの相手として、王子を踊る役柄（やくがら）というのであろうが、それにふさわしい、ノオブルな姿を持っていた。ひきしまった腰から、長い脚に流れる線は、ロマンチックに見えた。バレエ・ブランの、古典風な白いいしょうが似合うのも、日本人ではめずらしかった。

しかし、けいこの時は、黒を着ている。

「今日は、太田さんが休んじゃったのさ。品子さんが来たら、ピアノを頼もうと思ってたの。」

と、野津は言った。ときどき、女じみたものいいをまじえる。

「いいでしょう？」

「はい。」

品子はうなずいたが、

「ピアノなら、だれだって、弾けますのよ。」

太田というのは、練習の伴奏に通って来る、女のピアノ弾きであった。

ピアノがなくても、教師の口びょうし、手びょうしで、バレエの基本練習は出来なくはないし、伴奏なしの教習所も多いのだが、ここでは、チェケッチイの練習曲を使っていた。楽音があるのとないのとでは、たいへんなちがいで、伴奏つきのけいこになれた生徒は、ピアノがないと、ひょうし抜けのように感じる。

品子は見学の母子に、

「どうぞ、こちらへ。」

と、入口の横の長いすをすすめておいて、自分はストオブのそばに寄った。

「品子さん、顔色が悪いんじゃない？」

と、野津が小声で聞いた。

「そうですか。」

品子は立ったままでいた。

「ピアノを頼んだので、ごきげんが悪いの？」

「いいえ。」

野津は頭に、こまかい水玉模様のある、紺色の絹を巻いていた。結び目なしに、うまくとめていた。髪の毛が振りみだれるのを、ふせぐだけのものだが、こんなところにも、野津のおしゃれは見えた。

「練習曲を、弾ける人はあるけれど、それでもね……。」

と、野津はストオブの前のいすから、首を半ばまわして、品子を見上げた。紺の絹でつつまれた額に、まゆがきれいだ。

品子のピアノを、ほめたのだろう。

品子は母に、幼いころから、ピアノもしこまれて来た。

波子は今の年になってみると、ピアノの教師であった方が、楽かとも思えるほどで、本筋のけいこをつんでいた。波子の若い、二十年前では、素人ばなれがしていた。

品子もたいていの舞踊曲は弾ける。チェケッチイの練習曲は、バレエの基本を教えるためのものだから、無論やさしい。また、毎日のようにくりかえして聞き、自分でも、たびたび弾きなれて、すっかり頭にはいっている。

品子はつい心をよそに弾いていると、野津が寄って来て、

「どうしたの？　ちょっと早い。いつもとちがう。」

この時間のけいこは、女学生クラスの上に、二組あるうちのBクラスで、高等科と呼ばれていた。公演の舞台では、コオル・ド・バレエ（群舞）の人たちだった。

この高等科のBクラスから、Aクラスに進み、さらによく踊れる人が、品子たちのマスタア・クラスに、抜き上げられるわけだ。

コオル・ド・バレエのうちにも、バレエの用語でいう、カドリイユの人もあれば、コリフェの人もあった。コリフェは、群舞の先頭に立って踊る。

しかし、マスタア・クラスのソリストが、コリフェを踊ることもあるし、コリフェの人が選ばれて、パ・スル（独舞）を踊ることもあった。

大泉バレエ団では、二百五十人余りのうち、公演の舞台に出て踊れるのが、五十人ほどあった。

高等科のBクラスというと、けいこの年も重なり、テクニックも出来ている。この研究所の風や、教え方にも、なじんでいる。

まして、バアにつかまっての、はじめの練習は、いつもくりかえす動きで、調子よく進むから、品子のピアノも、ただいつものように、指が動いていた。

それを、野津にとがめられて、

「ごめんなさい。」

と、品子はわびた。

「ちょっと早いって……? そうでしょうか?」

そんなはずはないという、品子の面持ち(おもも)は、不意を突かれた、てれかくしだった。

「そう感じただけかな? うわの空で、弾かれてるから、こっちがいらいらして……。」

「あら。ごめんなさい。」

品子はほおが染まりそうで、白いキイの上を見た。

「いいのよ。だけど、品子さん、なにかあるね?」

と、野津はささやいた。

「踊りだって、そうよ。ときどき重いし、踊っていて、息が苦しくなるのね。」

そう言われると、品子はほんとうに息が早くなるようで、胸がどきどきした。

野津の汗の臭い(におい)が、なお品子の息をつまらせるようだ。

野津に寄って来られて、われにかえった時から、品子は汗の臭いが、鼻についてならなかった。

二人で踊っていると、野津の汗の臭いは、いいこともあるが、今のは古いような臭いだった。

野津はけいこ着なども、よく洗う方だ。しかし、冬なので、おこたっているのだろうか。

「すみません。気をつけます。」

品子は臭いがいやで、ぷつっと言った。

「後でね……。」

と、野津はピアノのそばを離れながら、

「じゃあ、頼みます。」

品子は力をこめて弾いた。生徒の足音に合わせて、自分も動いているつもりで、調子を取った。

練習はバアを離れた。

音楽のイタリイ語のように、バレエでは、フランス語をつかう。

パ（踊りの動き）を生徒に、つぎつぎと命じる、野津のフランス語は、品子のピアノにつれて、きれいになってゆくようだが、品子はまた、野津の声に誘われて、弾いているようだった。

甘みをふくんだ、野津の声が、高く澄んで来ると、たびたびくりかえされる、「プリエ」（ひざを折りまげる）とか、「ポアント」（つま先きで立つ）とかの発音も、品子には、夢のやわらかさにひびいた。

野津は手びょうしを打ったり、口びょうしで数えたりもした。

それらが夢のひびきに聞えると、品子は、生徒の足音も、ふうっと遠のいてゆきそうで、

「いけない。」

と、楽譜を見た。

けいこは一時間だが、野津は熱心で、二十分近くのびた。

「ありがとう。おつかれさま。」

野津はピアノのところへ来て、額をふいた。

新しい汗の臭いが、品子に強かった。鼻が感じやすいのも、しんのつかれのせいだろうか。

「一時間、けいこ場があいてるでしょう。少し休んで、いっしょに練習しない？」

と、野津は言ってくれたが、品子は首を振って、

「今日は、よしますわ。ピアノ弾きをしていますわ。」

一時間のちに、女学生クラス、つづいて勤め人クラスのけいこが、あるはずだった。

品子がストオブのそばにもどると、入口の横の長いすから、見学の女学生が二人、立って来た。

「規則書を、いただきたいんですけれど……。」

「はい。」

規則書に申込み書を添えて渡した。小学生をつれて来ていた母親も、品子に言った。

「私にも、いただかせて下さい。」

野津はけいこ場の鏡の前で、ひとり、跳ぶパの練習をしていた。

そして跳び上りながら、空中で両脚を打ちつけるパの、アントルシャやブリゼ、野

津のブリゼは、美しかった。

品子はストオブの前で、いすによりかかって、ぼんやり見ていた。

後のクラスを受け持つ、助教師たちも、けいこ場に出て、それぞれ自習をしていた。

野津がいなくなったと思うと、すっかり着かえて、奥から出て来た。

「品子さん、今日はお帰り……。送ってゆくから。」

「だって、伴奏がいないでしょう。」

「いいよ。だれか弾くよ。」

と、野津はかかえていたオウバアに、手を通しながら、

「向うの方の鏡に、うつるのを見ていても、品子さんのつらいのが、わかるんだもの。」

野津は自分の踊りを、鏡で見ているとばかり、品子は思っていたのだが、遠くからうつる、品子の顔色を、気にかけていたのだろうか。

御成門（おなりもん）の方へ、坂をおりて、

「私は、母のけいこ場に、寄ってみますから……。」

と、品子は言ったが、野津は、

「お母さまには、しばらく、お目にかからないな。ぼくも行っていい？」

　そして、空車をとめた。

「この前、お母さまとお会いしたのは、いつだったろう？　バレリイナは、結婚した方がいいか、結婚しない方がいいか、という話が出た。しない方がいいでしょうと、お母さまはおっしゃるの。恋愛はした方がいいでしょうと、ぼくは言ったけど……。」

　いつか、パ・ド・ドゥ（二人の踊り）の振りつけの時、品子は野津から、こうした踊りの息が、ほんとうに合うのには、二人が夫婦であるのがいいだろうか、恋人であるのがいいだろうか、他人であるのがいいだろうかと、なにげなさそうに、言い出されたことがあった。

　無心に踊っていた品子は、ふと気にかかって、体がかたくなり、動きもぎこちなくなった。こだわりがあると、体を男にまかせたようには、踊れない。

　バレリイナは男の踊り手に、あらゆる姿で、抱きかかえられるし、支えて持ち上げられるし、肩にものせられるし、また、身を投げかけて、受けとめてもらうし、すっかり体をまかせて、預けてしまって、踊るのだから、愛の相を、男女の体で、舞台に描くわけでもあろう。

　ダンスウル・ノオブルは、「バレリイナの三本目の足」と言われるほど、騎士の役をつとめるかわりに、バレリイナは、恋人の役として、ダンスウル・ノオブルに、とけ合って、「三本目の足」を、自分の体のものとしている。

まだ品子は、大泉バレエ団の花形バレリイナとか、第一バレリイナとかではないのを、野津が好んで、パ・ド・ドウの相手に、えらびたがるのだった。

二人が恋愛をし、結婚をするのは、自然のなりゆきと、はたからも思われている。

品子は娘でありながら、結婚したよりもよく、野津に体を知られているのかもしれない。品子のいくらかは、もう野津のものであろう。

しかし品子は野津に、男を感じないところがあった。

踊りなれたせいであろうか。品子が娘だからであろうか。

娘なので、品子の踊りには、色気が出にくい。野津になにか言われると、ふと体がかたくなる。

二人で車に乗ったりするのは、二人で踊るよりも、品子はぐあいが悪い。

まして今日は、野津を母に、会わせたくなかった。

母が憂え顔だったり、悩みありげなところを、野津に見られるのは、いやだった。

また、品子は母のことが気にかかって、一人で行きたかった。

「いいお母さまね。しかし、バレリイナの結婚とか、恋愛とかの話も、すぐお母さまは、品子さんのことを、頭に浮かべて、考えるらしいから……。」

と、野津が言うのも、品子はわずらわしくて、

「そうでしょうか。」

波子のけいこ場は、燈がついていなかったが、とびらはあいた。

波子はいなかった。

日暮れ前だが、地下室は薄暗く、壁の鏡だけが鈍く光り、向うの道に沿うて、横長に高い窓が、町の明りをうつしていた。

がらんとした床は、寒かった。

品子は燈を入れた。

「いらっしゃらない？　お帰りになったの？」

と、野津が言った。

「ええ。でも……。かぎがかかってませんわ。」

品子は小部屋へ行ってみた。波子のけいこ着が、かかっていた。さわると冷たい。けいこ場のかぎは、波子と友子とが持っていた。たいてい、友子が早く来て、あけておくのだった。

友子がいなくなってから、母は友子の分のかぎを、だれにあずけているのだろう。母のけいこ場のかぎのことは、品子もうっかりしていたが、友子のいない不便は、かぎにまで及んでいるのだろうか。

それにしても、きちょうめんの母が、どうして、かぎをかけ忘れて行ったのか、品子は不安になった。

今日は変な日だ。父の部屋へ行ってみると、父はいない。母のけいこ場へ来てみると、また母がいない。その重なりが、品子の不安を、なおつのらせた。

その人が、ついさきまでいた後は、その人のけはいがあるようで、かえって空虚だ。

「お母さま、どこへいらしたの？」

品子はそこの鏡に、顔をうつすと、鏡のなかにも、今まで母がいたように思えた。

「まあ、青い……。」

と、品子は自分の顔色にもおどろいたが、向うに野津がいるので、化粧を直しにくかった。

品子たちは、けいこで汗になるから、ほとんどおしろいけはなく、口べにも薄めだった。顔色をかくすほどの化粧は、めったにしなかった。

品子はけいこ場に出て、ガス・ストオブをつけた。

野津はバアにもたれて、品子を目で追いながら、

「ストオブはいらない。品子さんも、帰るんでしょう。」

「いいえ。母を待ってみます。」

「もどってらっしゃるの？　それじゃ、ぼくも……。」

「もどるかどうか、わかりませんのよ。」

品子は湯わかしを、ストオブにかけて、小部屋から、コオヒイの入れものを持って来た。

「いいけいこ場だな。」

と、野津はあたりを見まわして、

「生徒は、なん人ぐらいいるの？」

「六七十人でしょうか。」

「そう？　このあいだ、沼田さんに聞いたが、お母さまも、春に、発表会をなさるんだって……？」

「きまってませんのよ。」

「品子さんのお母さまなら、ぼくらも助けたいな。ここには、男がいないでしょう。」

「ええ。男のお弟子は、取りませんから……。」

「しかし、発表会には、男がいないと、さびしいと思わない?」

品子は不安で、ものも言いたくなかった。

「ええ。」

品子はうつ向いて、コオヒイを入れた。

「けいこ場でも、銀のセット……?」

と、野津はめずらしそうに、

「女ばかりのけいこ場は、きれいだな。お母さまの神経が、ゆきとどいてるのね。」

そう言われてみると、銀のセットも似つかわしく、小ぎれいに、かたづいている。

大泉の研究所のような、活気はない。向うでは、大泉バレエ団の、幾度もの公演のポスタアなどが、壁を花やかにしているが、ここには、外国のバレリイナの写真が、かざってあるだけだった。「ライフ」のような雑誌から、切り抜いた写真までも、波子はきちんと額縁に入れておいた。

「ぼくが、お母さまの踊りを見たのは、いつだったかな。戦争のはじまったころかしら……。」

「そうでしょう。戦争がひどくなってから、母は舞台に立ちませんもの。」

「香山さんとの踊りだった……。」

その波子の踊りを、野津は思い出そうとするらしかった。

「今から考えると、香山さんは、ずいぶん若かったわけだ。ちょうど、ぼくくらい……？」

品子はうなずくだけだった。

「お母さまとは、かなり年がちがっていたんだろうが、そうは見えなかった。」

野津は、声を低めて、

「香山さんは、品子さんとも、よく踊ったんだって……？」

「踊るって……？　私は子供でしたもの。いっしょに踊ったなんて、言えないんですの。」

「品子さんが、いくつの時……？」

「踊っていただいた、おしまい……？　十六でしたわ。」

「十六……？」

と、野津は味わうように、くりかえした。

「品子さんは、香山さんが、忘れられないの？」

品子は自分でも思いがけないほど、はっきり答えた。

「ええ、忘れられませんわ。」

「そう？」

野津は立ち上ると、オウバアのポケットに両手をつっこんで、けいこ場を歩きまわった。

「そうだろうな。ぼくは、そうだと思った。ぼくには、よくわかっていた。しかし、香山さんは、もう、ぼくたちの世界にはいない人ね。そうでしょう？」

「そんなことありませんわ。」

「それじゃ、品子さんは、ぼくと踊っていて、香山さんと踊っているように、思えるの？」

「そんなことありませんわ。」

「二度、同じ答えか。そんなことはないというと……？」

野津は、向うから、真直ぐ品子の方へ、歩いて来て、

「ぼくは、待っていていいの？」

品子は野津の近づくのを、おびえるように、首を振った。

「待つなんて、そんな……。」

「しかし、ぼくの待っているのは、品子さんにわかっているはずだ、とっくにね……。

それに、香山さんは、品子さんの恋人でもなんでも、ないじゃないか。」

香山は品子の恋人ではない、と言われれば、あるいはそうであろう。

しかし、野津のその言葉に、品子の純潔は反逆した。

野津が品子のそばへ来る前に、品子はすっと立ち上った。

「香山先生が、なんでもなくても、いいのよ。私は、ほかの人のことは……。」

「ほかの人……？　ぼくも、ほかの人か？」

と、野津はつぶやくと、そこで向きを変えて、横へ歩いて行った。

壁の鏡に、野津のうしろ姿がうつるのを、品子は見ていた。格子じまのマフラの赤い線が、首筋にあった。

「まだ品子さんは、少女の夢を見ているの？」

品子は鏡のなかで、野津の姿を追っているうちに、自分の目が、輝き出すのを感じた。野津のためにではない。むしろ、野津をこばむための、力がわいたのだった。

また、自分のなかのさびしさに、打ち勝とうとしたのだった。

なんのさびしさか、品子はきゅっと身のしまるさびしさも、どこかにあった。

「品子の踊りは、もうだめだからと、母が言うまで、私は結婚のことは、考えないように、決心していますの。」

「品子さんの踊りが、だめと言われるまで……？　香山さんとも……？」

品子はうなずいた。

野津は向うの壁ぎわまで行って、振りかえりながら、品子のうなずくのを見た。

「夢だな、お嬢さんらしい……。しかし、そうすると、ぼくは品子さんと踊りながら、品子さんの結婚を、さまたげていることになるの？　お嬢さんというものは、男に、不思議な役割りを、振りあてるんだね。」

と、歩いて来ながら、

「うそをおっしゃい。香山さんを、心に描いているから、そんなことを言う……。」

「うそじゃありませんわ。私は母といたいんですの。母は私の踊りに、二十年かけていますわ。」

「その品子さんの踊りを、ぼくが預かっている……。」

品子はこれにも、うなずいたようだ。

「それじゃ、ぼくは品子さんの言葉を、信じよう。ぼくと踊っているあいだは、香山さんと結婚しようとは思わないわけ……？」

品子はまゆ根を寄せて、野津を見つめた。

「ぼくは品子さんを、愛している。品子さんは、香山さんを愛している。しかし、品子さんが、ぼくと踊っていてくれるあいだは、この愛は、二つとも、おさえられている。してみると、品子さんとぼくと、二人の踊りは、なんの幻だろう。二つの愛の、むなしい流れなの？」

「むなしくはありませんわ。」

「なんだか、もろい夢のようだね。」

しかし、品子の目の輝きに、野津は打たれた。さっきとまるでちがって、顔つきも生き生きしていた。迫って来る美しさのなかに、まぶただけ愁（うれ）えをおびていた。

「踊りながら、ぼくは待つよ。」

品子は目ばたきをして、かすかに首を振った。

野津は品子の肩に、手をかけた。


品子が家に帰ると、高男の離れに、明りがついているので、

「高男、高男。」

と、呼んでみた。

雨戸のなかから、高男が答えた。

「姉さん？　お帰りなさい。」

「お母さまは……？　お帰りになった？」

「まだでしょう。」

「お父さまは……？」

「いらっしゃる。」

高男が戸をあけかかる音を、品子は逃げるように、

「いいのよ、いいのよ。後で……。」

庭はもう夜だが、品子は自分の不安な姿を、高男に見られたくなかった。

戸の音は静まった。

しかし、高男は廊下に立っているらしく、

「姉さん、いつか、崔承喜（さいしょうき）の話をしてたね。」

「ええ。」

「崔承喜がね、十二月三日のプラウダに、寄稿してるよ。」

高男は大事件のように言った。

「そう？」

「娘の死んだことも書いてる。ソビエトへ公演に行った時、モスクワで、あんなに拍

手を受けた娘がって……。崔承喜の教習所には、生徒が百七十人いたらしいね。」

「そう？」

崔承喜が、ソビエトの新聞に書いたところで、品子は高男のように、声をはずませることではなかった。

しかし、冬枯れの梅の枝が、ぼんやりうつる雨戸を、品子は不安な目でながめながら、

「お父さまは、御飯、召しあがったの？」

「ああ。ぼくといっしょにすんだ。」

品子は自分の離れに寄らないで、母屋（おもや）へ行った。

今夜は、母に会ってからでないと、父に会うのは、なにか不安であったが、そう思うと、かえって品子は、ただいまを言った後も、父の部屋を出にくいようで、

「お父さま、お昼にも、お部屋へ来てみましたのよ。お父さまがいらっしゃるかと思って……。」

「そうか。」

矢木は机から振りかえると、手あぶりの方へ、体の向きを変えて、品子を待つようにした。

「お父さま。その一休の、仏界、魔界は、どういう意味ですの?」

「これか……? おもしろい言葉だね。」

と、矢木は静かに、床の墨跡を見た。

「お父さまのおるすに、品子ひとりで、ながめていると、気味が悪くなったわ。」

「ふうむ……? どうして?」

「仏界、入り易く、魔界、入り難し、と読むんですの? 魔界って、人間の世界のこと……?」

「人間の世界……? 魔界がね?」

矢木は意外なように、聞きかえしたが、

「そうかもしれんね。それでもいいさ。」

「人間らしく生きるのが、どうして魔界ですの?」

「人間らしくと言うが、人間なんて、どこにいる? 魔ものばかりかもしれない。」

「そう思って、お父さまは、この墨跡を見てらっしゃるの?」

「まさか……。ここに書いてある、魔界は、やはり魔界なんだろう。おそろしい世界だ。仏界よりも、入り難しと言うんだからね。」

「お父さまは、おはいりになりたいの?」

「魔界にはいりたいかと、ぼくに聞くのかね。どういう意味のおたずねだ。」

矢木は円満な顔で、柔和にほほえんだ。

「お母さんは、仏界にはいると、品子がきめているのなら、ぼくは魔界でもいいが……。」

「あら。そうじゃないんです。」

「仏界、入り易く、魔界、入り難し、という言葉は、善人成仏す、いわんや悪人をや、という言葉を、思い出させる。しかし、ちがうようだ。一休の言葉は、センチメンタリズムを、しりぞけたのじゃないのか。お母さんや品子のような人の、センチメンタリズムをね……。日本仏教の感傷や、抒情をね……。きびしい戦いの言葉かもしれない。そうそう、十五日会に、普賢十羅刹の図が出た時は、品子も行ったな。」

「はい。」

北鎌倉の住吉という古美術商の茶席で、毎月十五日に、例会がある。道具屋や数寄者が、たちかわって、かまをかけ、関東では、おもな茶会の一つになっている。

主人の住吉は、東京美術クラブの社長をつとめるような、美術商の元老だが、淡々とあく抜けして、禅坊主じみたところもあり、茶の宗匠よりも、茶人らしいところもあった。十五日の茶会は、この住吉老人の人柄に、支えられていた。

矢木は、近いので、気まぐれに行ってみる。もと益田家の、普賢十羅刹の図が、床に見られる日は、波子と品子も誘ったのだった。

「あれが、お母さんの好みだろう。白い象に乗った、普賢菩薩を取り巻く、十羅刹は、みんな十二単衣の美女だ。あのころの宮中の女を、そのままの姿にした。藤原時代の華美な感傷の、仏画なんだね。藤原の女性趣味、女性崇拝が、見えるわけだろう。」

「でも、お母さまは、普賢の顔が、きれいなばかりで、ありがたくないと、おっしゃってたでしょう。」

「そうかね。普賢は美男なんだが、それも、美女のように描いてある。阿弥陀如来が、西方浄土から、迎えに来てくれるという、来迎図だって、藤原らしいあこがれの、幻影だろうし、満月来迎という言葉もあった。藤原道長が死ぬ時は、弥陀如来の手に糸のひもをぶらさげて、自分が糸のはしを握っていた。源氏物語は、その道長の時代に生まれたんだから、ぼくは若いころ、源氏をしらべてるくせに、野蛮な貧乏人の息子で、藤原のみやびやあわれとは、縁遠い、がさつでげすだと、お母さまに、いやがられていたらしいね。」

と、矢木は品子の顔を見て、

「来迎図で、人間の魂を、迎えに来る仏たちは、美しく着かざって、楽器を持ったり、舞うような姿をしている。女の美しさは、舞踊に極まるから、ぼくはお母さんの踊りを、とめはしなかった。しかし、女は精神で舞わない。肉体で舞うだけだ。長いこと、お母さんを見て来ても、そうだよ。女は尼になるよりも、舞う方が、美しいだろう。ただそれだけだ。お母さんの踊りは、お母さんのセンチメンタリズムに過ぎなかった。日本風なね……。品子の踊りも、青春の幻の絵そらごとじゃないのか。」

品子はさからいたかった。

「魔界には、感傷がないのなら、ぼくは魔界をえらぶね。」

と、矢木は捨てるように言った。

母屋には、矢木の書斎と波子の居間、茶の間、それから、納戸(なんど)と女中部屋とが、あるだけだった。

波子の居間を、夫婦の寝部屋にするより、しかたがない。

波子のさとの別荘だったころから、この六畳は、女部屋の感じにつくられ、古い切れで、腰張りなどしてある。古いと言っても、元禄(げんろく)を下る江戸の、打ちかけかなにかであろう。

色糸で縫い取られた、昔の花模様を、寝ながら見ていると、このごろ波子は、さびしくなる。あまりに女性的な古切れだ。

矢木をこばんでから、波子は寝床につくのが、苦痛であった。

矢木はあれっきり、波子をもとめようとはしない。

矢木は早寝早起きの方で、たいてい、波子が後から、床にはいるのだが、それでも、波子が寝に来るまで、目をさましていて、なにか声をかけて、そして眠る。

夜おそく、品子の離れで、話しこんでいても、

「お父さまが、おやすみの時間ね。」

と言って、波子は母屋にもどるのだった。寝つけないで、待っている夫が、気にかかるのだ。長年の習わしが、身にしみている。

波子にしても、寝部屋に行って、矢木が声をかけないと、どうしたのかと思う。

ところが今は、その習わしも、波子をおびやかすようになった。矢木が寝床から、なにか言うと、波子はびくっとする。胸がかたくちぢまったように、ふとんにはいる。

「罪人じゃないわ。」

と、心につぶやいてみても、落ちつけない。矢木の寝息を、うかがうともなくうかがっている自分は、なんの罪をおかしたのだろう。

波子は寝がえりも出来ないで、なにを待っているのだろうか。矢木が眠るのをか、矢木が波子をもとめるのをか。

もとめられたら、またこばみそうだし、波子はその争いをおそれている。しかし、もとめられないのも、不気味のようだった。

矢木が眠る前には、波子は寝入れなくなってしまった。

波子は今夜、品子の離れで話して、夫の寝る時間が来ても、母屋へ、帰らなかった。

「お父さまに聞いたけれど、品子は、床の掛けものに、文句をつけたんですって……？」

「あら？　文句をつけたなんて、お父さまはおっしゃるの？」

「そう。品子がいやがるから、かけかえるって、二三日前にね……。」

「あら……？　どういう意味かって、おたずねしただけよ。お父さまは、いろいろおっしゃったけれど、品子には、よくわからなかったの。お母さまや品子の踊りが、センチメンタルだって言われたのは、くやしかったわ。」

「センチメンタル……？」

「そうおっしゃったようよ。踊りをやっていること、そのことが、センチメンタルですって……？」

「そう……？」

バレエによる、女の体のきたえが、夫をよろこばせると、十五年も前に、矢木から聞いたのを、波子は思い出した。

二十年の上、「この女のほかに」、触れたことがないと、矢木に言われた時、波子は夫の腕を、避ける方に気を取られていて、そのせいか、言葉がいやにねばっこく、まつわりつくように聞えただけだった。

しかし、後で思うと、矢木の言う通り、たしかに、男としては、「不思議な例外」かもしれない。「この女」の波子は、例外の縁を、めぐまれたわけであろうか。

波子は夫の言葉を、疑わしいものとは考えなかった。ほんとうだろうと信じた。けれども、それも今は、幸福とは感じられなかった。なにか重苦しいようであった。むしろ、矢木の性格の、異常なしるしではないのかと、波子は夫を離れて、ながめることになった。

「私たちの踊りが、センチメンタルとおっしゃるなら、私がお父さまと暮して来たことも、センチメンタルね……？」

と、波子は首をかしげて、

「お母さまは、このごろ、つかれているらしいわ。春にならないと、元気が出ないでしょう。」

「お父さまが、つかれさせるのよ。魔界から、お父さまはお母さまを、見ていらっしゃるのよ。」

「魔界から……？」

「お父さまとお話していると、どうしてだか、品子の生活力が、抜けてゆくようですわ。」

品子は長めの髪を、リボンで結んでは、またほどいた。

「お父さまは、お母さまの魂を食べて、生きていらしたのよ。」

波子は品子の言い方に、おどろいたようだった。

「とにかく、お父さまを裏切ったのは、お母さまらしいわ。品子にも、それはおわびしなければ……。」

「みんながへたばるのを、お父さまは、待ってらっしゃるんじゃないの？」

「まさか……。でも、この家も、近いうちに、売ることになるでしょうね。」

「早く売って、東京に、けいこ場を、お立てになればいいわ。」

「センチメンタルな、けいこ場を……？」

と、波子はつぶやいた。

「しかし、お父さまは反対よ。」

夜なかの二時を過ぎてから、波子は母屋にもどった。

矢木は寝入っていた。

波子は暗がりで、冷たい寝間着に手を通した。

横になっても、まぶたから額のあたりが、温まらないようであった。

「お母さま、品子のところに、泊ってちょうだい。お父さまは、もうおやすみになってるわ。」

と、品子が言うのに、

「それこそ、センチメンタルだって、お父さまに笑われてよ……。」

そして、母屋へ寝に来たのが、波子はわびしく、若い娘のように、品子と二人で、朝までいればよかったと思われた。

じっと眠れないでいると、矢木の目をさますのが、恐れであるかのようだ。

朝、波子が目ざめたのは、矢木の起きた後だった。ついぞないことだ。

波子はどきっとした。

## 深い過去

四谷見附の近く、もとの家の焼跡へ、波子が竹原と行った時は、風が吹いていた。

ひざより高い枯草をわけて、波子はけいこ場の土台石をさがしながら、

「ピアノは、このあたりでしたわね。」

と、竹原が当然知っているもののように言った。

「運べるうちに、北鎌倉へ、運んでおけば、よかったんですわ。」

「今ごろ、なにを言ってるんです。六年も前のことを……。」

「だけど、スタンウェイのオウ型なんか、今の私は、買えそうにありませんし、あのピアノには、思い出もありますもの。」

「バイオリンは、片手にさげて出られるのに、それだって、ぼくは焼きましたからね。」

「ガタニイでしたわね？」

「ガタニイでした。ツルテの弓も、考えると惜しいですね。あれを買った時分は、日

本の円がよくて、アメリカの楽器会社なども、円を獲得のために、楽器を日本へ、持って来たものでした。ぼくは写真機を、アメリカへ売るのに、つらいめにあうと、その昔を、思い出すことがありますね。」

竹原は帽子のひさしをおさえながら、風に背を向けて、波子をかばうように立った。

「私はつらい目にあうと、あのスプリング・ソナタを、思い出すことがありますわ。ここにこうしていると、ピアノの焼跡から、あの曲が聞えて来ますわ。」

「そう。波子さんといると、ぼくにも聞えて来るようですね。スプリング・ソナタなどを、二人で弾いた楽器は、二つとも焼けてしまった。しかし、バイオリンが助かっていても、ぼくはもういじくれないな。」

「私のピアノも、頼りなくなりましたけれど……。でも、今は品子まで、スプリング・ソナタには、竹原さんとの思い出があるって、知っていますのよ。」

「品子さんの生まれる前でしたね。深い過去ですね。」

「春にもし、私たちの発表会をするようでしたら、竹原さんとの思い出のある、曲のうちから、踊れるものは、踊ってみますわ。」

「舞台で、踊っている最中に、また、恐怖の発作を起こすと、困りますよ。」

竹原はじょうだんのように言った。

波子はまぶしい目をした。

「もうこわがりませんわ。」

枯草はさむざむと見えるが、風にそよぐにつれて、西日の光りを、ゆらめかせていた。

波子の黒いスカアトにも、光る枯草が動いていた。

「波子さん。古い土台石をさがしたって、もとのような家は立ちませんよ。」

「ええ。」

「ぼくの知りあいの、建築家をよこして、地所を見させましょう。」

「お願いしますわ。」

「新しい家の設計でも、お考えなさい。」

波子はうなずいたが、

「深い過去だとおっしゃったの、枯草に、深く埋もれているということ……?」

「そうじゃないんです。」

竹原は、言葉をさがし迷う風だった。

やぶれたへいを振りかえりながら、波子は道に出た。

「そのへいも、使えませんね。新しい家を立てる前に、取り払うんですな。」

と、竹原もふりかえった。

「オウバアのすそに、枯草の実がついていますよ。」

波子はそのすそをつまんで、まわして見たが、竹原のオウバアを、先きに払った。

「うしろ向いてごらんなさい。」

こんどは、竹原が言った。

波子のすそに、枯草は残っていなかった。

「しかし、けいこ場を立てることに、よく決心がつきましたね。矢木さんは、承知なさったんですか。」

「いいえ、まだ……。」

「それはむずかしいですね。」

「ええ。ここに立てるとして、それが出来あがるころには、私たちは、どうなっているか、わかりませんわ。」

竹原はだまって歩いた。

「矢木とは、二十年の上、いっしょに暮しましたし、子供も大きくなっていますけれど、それが私の、一生でもなかったのね。自分でも、おどろきますわ。自分がなん人もいるようですわ。一人の自分は、矢木と暮していて、一人の自分は、踊っていて、また一人の自分は、竹原さんを思っていたのかもしれませんわ。」

と、波子は言った。

四谷見附の陸橋の方から、西風が吹きつけて来た。

イグナチオ教会の横へ折れると、外堀（そとぼり）の土手で、少し風はさえぎられたが、土手の松も、鳴っているようだった。

「私は一人になりたいんですの。なん人もの自分を、一人にしてやりたいの。」

竹原はうなずいて、波子を見た。

「矢木と別れろって、竹原さんは、おっしゃって下さらないの？」

「そのことですよ……。」

と、竹原は引き取って、

「ぼくはね、さっきから、波子さんと古い知り合いでなくて、このごろ初めて会ったのだったら、どうだろうかと、考えていたんですよ。」

「まあ……？」

「深い過去と、ぼくが言ったのも、そういう考えが、頭にあったからでしょうね。」

「竹原さんと、今はじめて会う……。」

波子はいぶかしげに、竹原を振り向いた。

「いやだわ、私はそんなこと……。考えられませんわ。」

「そうかしら……？」

「いやだわ、四十を過ぎて、はじめて竹原さんに会うの……？」

波子はかなしい目をした。

「年は問題じゃありませんよ。」

「いやだわ。」

「深い過去が、問題ですよ。」

「だって、今、初めて会ったとしたら、竹原さんは、見向きもして下さらないでしょう。」

「そう思いますか、波子さんは……？　ぼくは、逆かもしれない。」

波子は胸を突かれたように、立ちどまった。

幸田屋の門の近くに来ていた。

「そのお話、後でよくうかがわせてちょうだい。」

そして、波子は宿へはいるのに、なにげなく装おうとした。

「寒そうな顔じゃありません……？」

長い廊下のなかほどに、飾りだながあって、魯山人の陶器がならんでいた。志野や織部の写しが多かった。

幸田屋では、食器は一式、魯山人の作品を使っていた。

波子はたなの前に立って、九谷写しのさらをながめると、そこのガラスに、自分の顔が薄く見えた。目ははっきりうつっていた。輝いていると思えた。

つきあたりの庭に、植木屋が、枯松葉を敷いていた。

そこを右にまがり、また左に折れて、湯川博士が泊った、竹の間の裏から、庭に出て、

「矢木が来た時、そのお部屋でしたって……？」

と、波子は女中に言った。

離れに通された。

「矢木さんが、いつらしたんです。」

竹原はオウバアを取りながらたずねた。

「京都の帰りに、寄ったらしいんですわ。高男から、聞きましたの。」

波子はほおから首に、手をやってみて、

「風に吹かれて、ざらざらして……。ちょっと失礼します。」

洗面所で顔を洗うと、次の間の鏡に坐（すわ）った。手早く薄化粧しながら、波子は、竹原が言うように、今はじめて会う二人であったらと、思ってみた。しかし、波子には、どうしても、そうは思えなかった。

でも、宿屋の奥まった離れに、二人で来て、それほどの不安がないのは、やはり古い親しみのせいであろうか。なじみの宿だからであろうか。

竹原のいる部屋から、ストオブのガスの臭（にお）いが来た。

竹の庭をへだてた向うの間に、矢木も来ていたことがあると、波子の頭に浮かぶのも、竹原といる不安を、静めているようだった。

しかし、矢木がこの宿に来た後、短いあいだ、波子は罪の恐れに追われながら、かえって体はもえていた。今はそれも終った。

それを思い出すと、波子は顔が赤くなった。またコンパクトをあけて、おしろいを濃くつけ直した。

「お待ち遠さま……。」

波子は竹原のところにもどって、

「向うまで、ガスの臭いがしましたわ。」

竹原は波子の化粧を見た。

「きれいになって……。」

「はじめてお会いしたのであった方が、いいっておっしゃるから……。」

と、波子はほほえむと、

「さっきのお話のつづきを、うかがいたいわ。」

「深い過去ということね……？　つまり、はじめて会ったのだったら、ぼくはもっと無考えに、波子さんを奪うだろうということに、なりますかしら……？」

波子はうつ向いて、胸に波立つのを感じた。

「それに、ぼくは昔、波子さんと結婚出来なかった、かなしみもありますからね。」

「すみません。」

「そうじゃないですよ。ぼくはもう、恨みや怒りはない。その逆です。波子さんが、ほかの人と結婚して、二十なん年も後に、こうして会っていると思うと、深い過去がね……。」

「深い過去って、いく度おっしゃるの？」

と、波子は目をあげた。

「過去はぼくを、古い道徳家にするんでしょうかね。」

竹原はそう言って、また考え直すように、

「深い過去から、消えないで、流れつづけて来た感情が、ぼくをしばっていますね。おたがいに別々の結婚をして、しかも、こうして会っているのは、不幸のようで、幸福なのかもしれない。」

竹原も結婚しているのだと、いまさらまた、波子は思いあたった。竹原の結婚は、波子の結婚とは、ちがっているだろう。竹原は家庭を、みだしたくないのだろうか。あるいは、竹原も結婚に幻滅していて、波子とのあいだも、踏みこみ過ぎて、幻滅の来ることを、恐れているのだろうか。

竹原に突き放されたとしか、波子は受け取れないようだが、しかし、過去の思い出がなく、二人がはじめて会ったのだとしても、竹原は愛を感じるらしい口振りが、この場の波子を、救っているようだった。

「ごめん下さいませ。」

と、女中がはいって来て、

「風がきついようでございますから、雨戸をおひきいたしましょうか。」

この離れには、ガラス戸がなかった。

女中が雨戸をくるすきに、波子も庭を見ると、低い竹が葉裏をかえして、揺れていた。

「もう夕方ね。」

竹原は机に両ひじを突いて、

「ぼくの言うことが、波子さんを、かなしませたんですか。」

波子はかすかにうなずいた。

「それは意外だ。しかし、波子さんだって、ぼくといて、たびたび、恐怖の発作を起こしたでしょう。」

「もう、こわがりませんて、言いましたわ。」

「波子さんが、こわがるのを見ると、ぼくはつらかったな。ああ、いけないと、目がさめるようでね……。」

「でも、あれは、愛情の発作じゃなかったかしらと、気がつきましたのよ。」

「愛情の発作……？」

竹原は食い入るように言った。

波子は、ほんとうに愛情の発作が、今また、体をつらぬいて、ふるえ出しそうだった。なまめかしく、はにかんだ。

「つまり、逆だ。それなら、ぼくが、逆だと言う気持も、わかってもらえるはずですね。考えてもごらんなさい。ぼくは昔、波子さんを、ほかの男と、結婚させたんですよ。させたんじゃなくて、波子さんがしたんだが、ぼくの立場からは、そうも言える。波子さんを奪わないで、ながめていたんだから……。波子さんを尊重し過ぎて、波子さんを幸福に出来る、自信がなかったんですね。若い男にありがちのあやまちですが、あやまちはあやまちなりに、今まで、深い過去を通って来ると、ぼくにだけは、光りも見えるものになっていてね……。ぼくはほかのことでは、そう臆病でも、卑怯でもないのに、よく波子さんを、そっとだいじにして来られたと、思うんですよ。」

「だいじにしていただいているのは、よくわかりますわ。」

と、波子はおとなしく答えた。心の戸を、半ばあけて、ためらっている感じだった。あけきっても、竹原ははいって来ないのかもしれぬ。

「おかしいですね。こうして坐っていると、ぼくは波子さんと、前にいつか、結婚したことが、あったようにも思えるな。」

「まあ……？」

「そういう親しみが、ぼくに、しみこんでいるんでしょうね。」

波子は目でうなずいた。

「やはり、深い過去のせいですね。」

「私のまちがった過去の……？」

「必ずしも、そうじゃありませんよ。おたがいに、忘れなかったから……。去年でしたか、波子さんは手紙に、和泉式部(いずみしきぶ)の歌というのを、書いて来たことがあった。」

波子ははにかんで、

「おぼえてらっしゃる？」

思ひつつ、よそなるなかと、かつ見つつ、思はぬなかと、いづれまされり。——という歌を、波子は、和泉式部集に、見つけたのだった。

「理窟(りくつ)っぽい歌でしたけれど……。」

「しかし、波子さんは、矢木さんと別れようかと言うのに、二十年かかりましたね。結婚は、恐ろしいものだ。」

波子は顔色が変りそうだった。二人の子供も産んでと、竹原に言われているようだ。

「私をいじめてらっしゃるの？」

「いじめてると、聞えるんですか。」

「私には今、心のゆとりがありませんの。裸でふるえてるんですわ。竹原さんは、ゆとりがおありで、深い過去なんか、ながめていらっしゃるから。」

竹原は波子にじゃれている。そういう疑いが、波子にはなんとなくあって、心のずれを感じさせた。

波子が泣き出すのを、身を投げかけて来るのを、竹原は待っているかのようだ。そのせいで、波子は泣くことも、すがりつくことも、出来ないようだ。けれども、竹原のゆとりを見ると、波子はなおじりじりと、せつなくなって来るようだ。

裸でふるえていると言う恋人を、なぜ抱いてくれないのだろう。

しかし、波子は分別を失ってもいなかった。

今日、竹原と会ったのは、実際的な用事のためだった。家を売って、けいこ場を立てる、相談をしたのだった。もとの地所を、竹原も見に来てくれて、近くの幸田屋で、食事をするわけだった。

まして、竹原には、妻子がある。波子も、矢木と別れていない。

なじみの宿屋で、まちがいがあろうとは、波子もはじめから思っていなかった。

またしかし、おそらく波子は、竹原をこばみはしないだろう。もう、いつどこででも、竹原のままである自分を、波子は感じていた。

「ぼくにゆとりがあるんですって……？」

と、竹原は問いかえした。

食事の終りに、りんごの皮をむいていると、教会の鐘が聞えた。

「六時の鐘ですわ。」

と、波子は鐘の鳴るあいだ、ナイフを休めていた。

「夜になって、風が静まりましたのね。」

波子はむいたりんごを、竹原の前においた。

「ぼくは、矢木さんに、お会いしなければなりませんね？」

と、竹原は言った。波子は思いがけなくて、

「どうしてですの？」

「波子さんが、けいこ場を立てるにしても、あるいは、矢木さんと別れるにしても、波子さん自身では、かたがつかないでしょう。」

「いやよ。それはいや……。お会いにならないで……。」

と、波子はかぶりを振った。

「私がしますわ。」

「大丈夫ですよ。ぼくは波子さんの、古い友人として、会いますから……。」

「それでも、いやですわ。」

「波子さん、代理は、必要なことになるでしょうね。話はむずかしいと思います。しかし、ぼくは矢木さんの正体に、ぶっつかってみたい気もするんですよ。あの人が、どう出るか？」

「矢木が意地になると……。」

「さあ……？　北鎌倉の家の名義は、どうなっています？」

「私が、父からもらった、そのままですわ。」

「波子さんの知らないまに、書きかえられていませんか。」

「矢木が……？　まさか、そこまでは……。」

「念のために、しらべてみましょう。ぼくには、矢木さんという人が、わからないから……。しかし、いつかは、波子さんのために、ぼくは矢木さんと、対決する時が、来るかもしれないと、思ってはいました。今がその時かどうか、ぼくはまだ、波子さんから、確かめてはいないが……。」

「確かめるって……？」

「矢木と別れろって、言ってくれないのかと、波子さんは、ぼくに聞いたでしょう。ほんとうに、別れていいんですか。」

「もう別れていますわ。」

波子は誘い出されるように言ったが、急にはにかんで、顔を染めた。

竹原はふとさとったらしいが、押しかえすように、

「だって、今日も、うちへ……。」

波子はうつむいたまま、首をかすかに振った。

竹原は息づまるように、しばらくだまっていた。

「しかし、ぼくは、波子さんの友人として、矢木さんに、会いたいですよ。愛人として会っては、ものが言えない。」

波子は顔をあげて、竹原を見つめた。

大きい目がぬれるのも、そのままでいた。

竹原は立って来ると、波子の肩を抱いた。

波子ははなそうとするしぐさで、竹原の腕にさわると、指先きがふとふるえて、そしてしびれるようなのを、男の手の上に、やわらかくすべらせた。

竹原は帰って行ったが、波子は幸田屋に残った。

「一人では、私、うちへ帰られませんわ。品子を呼んで、いっしょに帰ります。」

波子はそう言って、大泉の研究所に、電話をかけてみると、品子はまだいた。

「品子さんが、ここに見えるまで、ぼくはいましょうか。」

と、竹原の言うのに、波子は少し考える風で、

「今日は、お会いにならないで……。」

「品子さんにも、会ってはいけないんですか。」

竹原は笑いながら、波子をいたわるように見た。

玄関へ送って出て、竹原の車の動き出すのを、ながめていると、波子はふっと後を追いたくなった。

なぜ、竹原といっしょに、ここを出なかったのだろうか。

波子は矢木のところへ、帰れないように思ったのだが、竹原が家へ帰ってゆくのを、怪しむことは、忘れていたようだった。

部屋に一人で、じっとしていられないので、波子は女中のすすめるままに、宿のふろへはいった。

「深い過去……？」

竹原の言葉を、くりかえしてみたが、波子は温い湯のなかで、過去が失われているようにしか、感じられなかった。竹原の手にふれたよろこびは、たとい、自分が若い

娘であったとしても、四十過ぎの今のと、なにもちがいはないだろう。波子は若い娘と同じと思える自分を、じっと抱くように、目をつぶった。

「お嬢さまが、お見えになりました。」

と、女中がしらせに来た。

「そう？　すぐあがりますから、お部屋で、待たせといて下さい。」

品子はオウバアのまま、ストオブの前に、横坐り（よこずわ）していた。

「お母さま……？　どうなさったのかと思って、来てみたら、おふろだって聞いて、安心したわ。」

と、波子を見上げて、

「お母さま、おひとり……？」

「いいえ。竹原さんがいらしたの。」

「そう……？　もうお帰りになったの？」

「品子に、電話をかけて間もなくね……。」

「あの時は、いらしたの？」

品子はいぶかしそうに言った。

「ただ、こっちへいらっしゃいとだけで、お電話が、すぐ切れたから、心配しましたのよ。」

「けいこ場を立てる話をして、地所を見ていただいたのよ。」

「あら。」

品子は明るく、

「それで、お母さま、お元気そうなのね。品子も行ってみたかったわ。」

「泊って、明日、見に行きましょうか。」

「お泊りになるの？」

「泊るつもりはなかったけれど……。」

波子は口ごもって、品子の目をさけながら、

「お母さまは、一人で帰るのが、つらかったのよ。品子を呼んで、いっしょにと思って……。」

「お母さま、ひとりで帰るのが、おいやなの？」

品子はむしろ軽く問いかえしたが、言ってしまってから、まゆ根を寄せて、真剣な目になった。

「いやというよりも、つらいのよ。ゆるせないようにも思えるし……。」

「お父さまが……？」

「いいえ、自分が……。」

「あら？　お父さまにたいして……？」

「そうね？　自分にたいしてかもしれないわ。でも、自分がゆるせないということは、ほんとにあるのかどうか、お母さまには、わからないけれど……。自分を責めるというのも、実は、自分のいいわけを、さがすことらしいわ。」

品子はなにか思いかえすように、

「これから、お母さまが東京へ、お出になった時は、いつも品子が、いっしょに帰ることにするわ。」

「お母さまの方が、小さい子のようね。」

と、波子は笑いかけて、

「品子。」

「うちへ帰るのが、つらいなんて、お母さまが、それほどとは思わなかったわ。」

「品子。お母さまは、お父さまと、別々になるかもしれませんよ。」

品子はうなずいて、胸騒ぎをおさえた。

「品子は、どう思う。」

「かなしいと思うわ。でも、前から、考えていたことで、そんなにおどろかないわ。」

「お母さまには、お父さまという人が、よくわからないのよ。はじめから、わからなかったのだわ。わからなくても、いっしょにいられた時が、終ってしまったんでしょうか。」

「わかって来て、いけないんじゃありませんの？」

「わからないわ。わからない人といっしょにいると、自分がわからなくなってしまうわ。お母さまが、お父さまのような人と結婚したのは、なんだか、自分の幽霊と、結婚したようなものかもしれないわ。」

「品子も、高男も、幽霊の子……？」

「それはちがう。子供は、生きた人間の子よ。神の子だわ。お父さまは、お母さまの心が、今のように、お父さまを離れているなら、品子も高男も、生まれて来て悪かったということに、なりやしないかと、おっしゃったわね？　幽霊の言葉よ。私たちには、通用しないわね？　気をまぎらわし、まぎらわし、生きてゆくのが、人間の一生かもしれないけれど、このままでは、お母さまも、幽霊にされてしまいそうなの。しかし、お父さまと、別々になると言っても、二人だけのことでなく、品子たちのことがありますからね。」

「私はいいの。だけど、高男は……？　高男は、ハワイへ行きたがっているから、高男が日本を離れるまで、お待ちになって……。」

「そうね？　そうしましょう。」

「でも、きっとお父さまは、お母さまを、お放しにならないでしょう。品子は、そう思うわ。」

「お母さまも、お父さまを、ずいぶん、苦しめて来たらしいのよ。お父さまが、私と結婚なさったのは、お父さまのお母さまの意志で、お父さまの意志で、今までずうっと、お父さまはその意志を、つとめて貫いていらしたように思うわ。」

「お母さまが、竹原さんを愛していらっしゃるから、そんな風に、お思いになるのよ？」

「お父さまと別れるというお母さまが、よその人を愛していらっしゃるのは、娘として、品子にだって、きついことだわ。お母さまが竹原さんと、つきあいをつづけて、いいと思うかって、お父さまに聞かれた時に、いいと思いますって、品子がお答えしたのは、お父さまの問い方が、残酷だったからですわ。そんなことを、聞かれたくないと、高男が言ったのは、やっぱり男ですわ。」

そして、品子は、声を沈めた。

「竹原さんは、いい方だけれど……。品子には、思いがけないことではないけれど……。でも、お母さまの愛をみとめるのは、品子が魔界に入るようだわ。魔界というのは、強い意志で、生きる世界なんでしょう。」

「品子……。」

「お母さまは、竹原さんとお会いになっていて、品子を呼んで下さったのね。それでもう、品子はいいわ。お母さまと、もし遠くなっても、今夜呼んでいただいたのを、品子は思い出すわ。」

と、品子は涙ぐんだ。竹原といても、さびしいのかと、品子は聞けなくて、

「どうして、品子をお呼びになったの？」

波子はとっさに答えられなかった。

竹原といて、迫って来るものを、まぎらわすために、品子に電話をかけたのだろうか。

波子は竹原と、このまま別れたくなく、帰りたくなく、すがりつきそうなよろこびのうちに、せつないかなしみがあって、自分を支えきれないようだった。なにかいたたまれない思いで、品子を呼んだのだろうか。

竹原が波子を、抱いてはなさなかったら、品子のことは、波子の頭に、浮かばなかったかもしれない。

「品子といっしょに、帰ってもらいたかったのよ。」

波子はただ、そう答えた。

「帰りましょう。」

東京駅に来ると、横須賀線が出たばかりで、二十分ほど待った。

プラット・ホウムのベンチに坐って、

「お父さまと別々になっても、竹原さんとは、結婚なされないわね。」

と、品子は言った。

「そう……。」

波子はうなずいた。

「品子と二人で暮して、お母さまも、踊りだけね……。」

「そうよ。」

「でも、お父さまはお母さまを、お放しにならないと思うわ。高男はハワイへ、行けるかもしれないけれど、お父さまの日本を出る話は、空想でしょう。」

波子はだまって、向うのホウムの汽車が動くのを、ながめていた。

汽車が行ってしまうと、八重洲口の方に、町の燈が見えて、品子は思い出したのか、波子のけいこ場で、野津と会った話をはじめた。

「おことわりしたわ。でも、野津さんと、踊ることは踊るのよ。」

あくる日は日曜で、波子は午後から、自宅のけいこがあった。

ひる飯のあとに、

「竹原さんが、お見えになりました。」

と、女中が取りついだ。

「竹原君……？」

矢木はきびしく波子を見た。

「竹原君が、なにしに来たんだ？」

そして、女中に向き直って、

「奥さんは、お目にかかりたくないと、言いなさい。」

「はい。」

品子も高男も、かたずをのんだ。

「それでいいだろう？」

矢木は波子に言った。

「会うなら、そとで会ってもらおう。その方が、自由じゃないか。ずうずうしく、うちまでくることはなかろう。」

「お父さん、お母さんの自由じゃないと、ぼくは思うんです。」

と、高男はどもるように言った。膝の手はふるえて、細い首に出たのど仏が、ぴくぴく動いた。

「ふうむ。それはお母さんだって、自分の行為の記憶が、残るかぎり、自由じゃないだろうさ。」

と、矢木は皮肉った。

女中がもどって来て、

「奥さまじゃなく、だんなさまに、お目にかかりたいと、おっしゃってます？」

「ぼくに……？」

矢木はまた波子を見ながら、

「ぼくなら、なおのこと、おことわりしなさい。竹原君に会う用はないし、今日会う約束はしてない。」

「はい。」

「ぼくが、そう言います。」

と、高男は長い髪を、さっとかき上げて、玄関へ出て行った。

品子は父や母から、目をそらせて、庭をながめていた。

ほとんど梅だけの庭であった。家から離して、山寄りに植えてある。軒端（のきば）には、一二本しかない。

品子の離れの縁近い、沈丁花（じんちょうげ）は、よく見ると、固いつぼみをつけているが、梅はどうであろうか。

品子は、母の呼吸が聞えるようで、胸がつまって来て、叫び出しそうだった。出かけるつもりで、スウツを着ていたが、なんとなくボタンをはずした。

高男が足音高く、はいって来て、

「帰りましたよ。学校へ会いに行くからって、お父さんの講義の日を、聞いてましたよ。」

と、言いながら、あぐらをかいて坐った。

矢木は高男に、

「なんの用だって……？」

「知りませんよ。ぼくは帰ってもらっただけです。」

波子は体をきつくしばられたように、身動きしなかった。竹原の足音が、遠ざかってゆくにつれて、矢木の目が迫る感じだった。それにしても、昨日の今日、竹原が来るとは、思いがけなかった。

品子はそっと腕時計を見ると、だまって立ちあがった。したくは出来ているので、いそいで家を出た。

電車は半時間おきだから、竹原は駅にいるにきまっている。

竹原はうつ向きながら、北鎌倉駅の長い乗り場を、行ったり来たりしていた。

品子は木のさくのそとから呼んだ。

「竹原さん。」

「ああ。」

竹原はおどろいたように、立ちどまった。

「今、そちらへ、まいりますわ。電車には、まだ間がありますから……。」

品子が小路をいそぐのにつれて、線路の向う側の乗り場を、改札口の方へ、竹原も歩いて来た。

しかし、品子は竹原の前に立つと、言うことがなかった。顔を赤らめて、かたくなった。

けいこ着とトウ・シュウズのはいった袋を、品子はさげていた。

なにかで品子が、自分を追って来たものと、竹原は思っていたらしいが、

「東京ですか。」

「はい。」

竹原は歩き出しながら、品子を見ないで言った。

「今、お宅へうかがったんですよ。ごぞんじでしょう。」

「はい。」

「お父さまに、お目にかかりたいと思ってね……。しかし、お会い出来ませんでした。」

上り(のぼ)の電車が来た。竹原は品子を先きに乗せて、向い合って坐(すわ)った。

「お母さまにね、ことづけといてくれませんか。名義はね、やはり変っていますって……?」

「はい。名義……? なんの名義ですの?」

「そう言えば、わかります。」

と、竹原は突っぱなした。しかし、思い直したように、

「いずれ、品子さんにも、わかることでしょう。家の名義ですよ。そのことやなにかで、ぼくはお父さまに、お話したくて来たんです。」

「はあ……？」

「品子さんは、お母さまの身方でしょう？　どういうことがあってもね……。お母さまの人生は、まだ、これからですよ。品子さんが、まだこれからなのと、同じですよ。」

電車が次の駅の大船に着いた。

「私、ここで失礼します。」

と、品子は不意に立ちあがった。

その電車と入れちがいに、伊東行きの湘南電車がはいって来た。

品子はじっと見ていて、身をひるがえすように乗った。胸が波立つのは、すぐに静まった。

さっき、竹原が玄関に来ていて、父と母とが茶の間に坐っている、その息ぐるしさに、品子はたえられなかった。母の気持を感じて、その痛みから、血をふきそうだった。

それで品子は、竹原を追って出たのだが、さて竹原に会って見ると、気づまりな恥ずかしさが、先立った。なにか母に代って、伝えたいものがあるようでも、言葉にはならなかった。

なぜ来たのか、品子はいたたまらなくて、大船でおりた。

湘南電車に乗ったのも、とっさのことだったが、香山に会いに行くのだと思うと、品子は素直に落ちつけた。

大磯(おおいそ)あたりで、傷痍(しょうい)軍人が寄附をもとめる、とげとげしい演説口調を、品子はぼんやり聞いていると、

「皆さん。傷痍軍人の方に、寄附をなさらないで下さい。寄附は禁じられておりますから……。」

と、別の声が言った。入口に車掌が立っていた。

傷痍軍人は、演説をやめて、金属の足音を立てながら、品子の横を通った。白衣から出た片手も、金(かね)の骨だった。

品子は伊東駅から、東海バスの一番線に乗った。下田(しもだ)まで、三時間あまりだから、途中で、日が暮れると思った。

# 解　説

三島由紀夫

小説『舞姫』の登場人物は、バレリーナの母子波子と品子を中心に、波子の良人矢木、品子の弟高男、波子の昔の恋人竹原、波子の弟子友子、小説の表面に一度も登場しない品子の愛する男香山、高男の男友達松坂、品子の相手役野津、波子と品子のマネージャア沼田などである。

これらが組んずほぐれつさまざまな人間関係を展開するか、といえば、決してそうではない。みんな孤独で、誰一人、他の一人の運命を決定的に変えるような力はもっていない。もっとも執拗にえがかれているのは、矢木と波子のストリンドベリ流の怖ろしい夫婦関係であるが、その矢木は悪魔には相違なくとも、やはり無力なのである。この小説にあらわれる善神にも、美神にも、悪魔にも、ことごとく、用意周到に、無力感が配分されている。

作者は登場人物がその無力感から瞬間的にも脱出し、自らの力に酔いしれる場面を、故意に省いたらしい。波子は舞台の夢をあきらめた過去の舞姫であり、品子はまだプリマにならない未来の舞姫であるけれど、彼女たちが他人の舞台を見るところばかりが描かれて、自らの力を昇華させている舞台は描かれない。そして不吉な主題のように、御濠の白い鯉の姿が、全篇に遊弋している。

「およしなさい。あなたはそんなもの、目につくのが、いかん。」

と竹原は、いつまでも鯉を見ている波子に言うのであるが、恋人をほったらかして、白い不気味な鯉に見呆けている女に、竹原が不安を感じるのも無理はない。実際その鯉は、一旦それを見たら、あらゆる人間関係の端緒がとざされてしまうような、或る美的な虚無の象徴なのである。

波子はあたかも能の鬘物のシテのように、優婉に、哀れふかく描かれており、彼女が人生に対して抱く夢は、片端から崩れてゆく。しかし波子はエマ・ボヴァリイのような、不満に燃えつづける魂ではないのだ。ある意味ではもっと不逞であり、罪を罪のままに、悲哀を悲哀のままに、絶望を絶望のままに享楽するすべを知っている。

この小説の読後、私は思ったのであるが、川端氏の小説を書く態度には、独特のリアリズムがある。作者が自分の目で人生を眺め、人生がどうしてもこういう風にしか見えないという場所に立って書くのが、要するに小説のリアリズムと呼ばれるべきである。ロマン派のネルヴァルも、心理主義のプルウストも、自然主義リアリズムの二流作家よりも、ある意味では透徹したリアリストであった。

平易で、観念的でない、一見婦女子向きの文章とも見えながら、川端氏の息切れの早い、ほっと息をつきながら、何度も足をとめるような文体は、底に固い岩盤を隠していて、「俺にはこういう風にしか見えないのだぞ」という作者の註釈が、いたるところについてまわり、無縁の読者はたえず隔靴掻痒の感を抱かせられるのも、つまり作者がおのれに忠実なリアリストだからであろう。

登場人物を作者のリアリズムに強引に結合させて、何とか辻褄を合せてしまうやり方においては、氏は一そう微妙なリアリストであろう。一例を引くと、冒頭の波子と竹原のあいびきの個所で、電車線路の脇のすずかけの並木が、葉の大方散った木や、まだ葉の青い木がまざっていた(二六頁)という綿密な観察が出てくる。実はこの純粋に客観的でもあり、純粋に内的でもある観察は、あいびきの恋人同士の目に映る風景としては不自然である。何だか眉唾物である。読者がそう思う間もなく、次の一行が、強引に読者を納得させにやってくる。

「竹原は波子の『木にもそれぞれの運命が……。』という言葉を思い出した。」

こういうやり方は鯉の個所にもある。(二八頁)。ながい鯉の描写のあとで、竹原に、と言わせ、あわせて波子の性格の表現にも資する。こうした手法は、小説の倒叙法ともいうべきで、伏線のかわりに、後註で以て、小説の奥行きをだんだん増してゆくのである。それと同時に、この永いあいびきの場面全体が一つの大きな伏線にもなっていて、あいびきの最中に、すずかけや鯉に気をとられている恋人同士は、結局熱情的に結ばれることなく終るだろうという予感を抱かせる。

川端氏のリアリズムを、ここに戯れに、「隔靴搔痒のリアリズム」と名付けると、その隔靴搔痒がもっとも成功しているのが矢木で、もっとも失敗しているのは竹原であろう。礼儀正しい、優柔不断な恋人である竹原は、どこから見ても魅力のない、矢木のいわゆる「平凡な俗人」であり、波子の「空想の人物」にすぎないが、矢木は異様なリアリティーを以て活きている。

卑怯な平和主義者、臆病な非戦論者、逃避的な古典愛好家、もとは妻の家庭教師で、妻にたかって生きて来た男、打算的な母親の執念を体現して来た男、妻に内緒で貯金をし、息子をハワイの大学へ逃がし、自分はアメリカへ逃げようとしている男、妻の家をこっそり自分の名義に書き換えていた男、しかもこの男が生涯浮気をせず、妻だけを昆虫学者のような好奇心で愛し、妻の精神的な浮気を子供の前で難詰する。正にゾッとするような男である。

波子を前面に置き、矢木を後景に置いたこの小説の手法は成功している。波子のたえざる恐怖、（波子はそのために失神するほどである！）、何か目に見えないものにからみつかれているような不安、それから何の手段もなく脱れ出たいという焦躁、そういうものが矢木をえがいた「隔靴掻痒のリアリズム」のおかげで、異様な現実感を帯びている。矢木が分析的に書かれていたら、波子の不安はおそらく成立せず、成立してもおそらくリアリティーを失うだろう。

矢木が子供たちの前で母親を難詰し、子供たちがそれぞれに反撥する会話の場面は、古典劇の大詰を思わせる明晰な悲劇の頂点である。ところが皮肉なことに、このような「家」の悲劇は、敗戦後のこの一家にあらわれた日本の「家」の徐々たる崩壊過程が最後の大詰に来たことによって可能になったもので、日本の民主化に伴ったこの一般的現象は『舞姫』全篇にきわめて微妙に精細に描かれているのであるが、ところがこの特殊な一家は、ことさら崩壊を急ぎ、崩壊に手を貸し、むしろ時代と無関係に、おのれのうちに崩壊の種子を宿していたようなところがあって、こうした悲劇の頂点に到達して、はじめて各個人が正面からぶつかり合い、愛情によってではなく嫌悪によって結ばれた見事な家庭の典型を成立させるのである。これは正にイロニックな家庭小説というべきだ。

このあたりで、はじめて小説の主題である「仏界、入り易く、魔界、入り難し」という怖ろしい言葉が登場する。

矢木はバレエにいそしむ母子をセンチメンタルだと憫笑する。波子も品子も、踊りを媒体として、魔界に入れるほどの天才ではなさそうである。それでは矢木はどうかというのに、矢木もまた、品子のいうような、「魔界というのは、強い意志で、生きる世界なんでしょう」（三〇二頁）という意味の魔界の住人たるには、大いに資格に欠けるところがある。矢木もまた無力なのだ。

矢木とは一体何者なのか？

作者は波子にも、矢木が少しもわからない人物だと言わせているが、矢木は単なる無力な「観察の悪魔」なのであるか。矢木の波子に対する永い忠実らしき愛情には、観察する人間の、次元のちがった愛し方のようなものがあって、波子をして矢木を永く拒ませなかったものも、こういう非人間的な愛情の呪縛に会って、彼女が湖の白鳥の姿に変えられていたからかもしれないのである。

登場人物すべての無力は、この矢木の無力から流出し、矢木の無力の呪縛下にあるように思われる。大団円で、品子の香山への脱出によって、その呪縛の一角の崩れたことが暗示されるが、矢木は何によってかくも無力なのかというのに、いささか私の独断に類するが、矢木は、小説家の象徴であって、あらゆる人間行為に対する超越性によって無力なのではないか。そう見てゆくと、小説『舞姫』は、バレエという芸術行為にいそしむ女が、正にそのことによって石女になり、あらゆる行為を軽蔑する男の支配をのがれえぬ物語であり、作者は波子と矢木に、すなわち芸術家と芸術家の生活に、もっと端的に言えば芸術と生活に、分裂しつつ影をひそめているように思われる。そしてそのお互いは、永遠の敵なのである。

　およそ通念に反して、川端氏は女に何の夢も抱いていない作家に相違ない。波子の描法はそのことを暗示する。女というものを、これほどただ感情的に女らしく、女に何の夢も抱かずに書いた小説はないのである。フロオベルは愚かなエマ・ボヴァリイに己れの報いられぬ夢を託したが、川端氏は何ものをも託さない。リアリストと私が呼ぶのは、このへんからだ。

　川端氏にとっての永遠の美は何か。私が次のようにいうと、我田引水を笑われるに決っているが、おそらくそれは美少年的なものであろう。わずかな描写しかないにもかかわらず、高男の男友達の松坂には、稲妻のように、希臘の Ephebe（少年と青年のあいだの年齢）の不吉な妖精的な美が閃めくのである。それはまた「東洋の聖少年」沙羯羅(さがら)の面影(おもかげ)でもあり、『山の音』の菊慈童の能面の面影でもある。

因(ちな)みに『舞姫』は、昭和二十五年十二月から、昭和二十六年三月まで、朝日新聞に連載された。

（昭和二十九年十一月、作家）

# 解説

池澤夏樹

本書には三島由紀夫の手になるりっぱな解説があるので、ぼくはその屋上に屋を架することを避け、むしろ周辺を巡ることにした。

同時進行ということ。

この小説は昭和二十五年（一九五〇年）の十二月から翌年の三月まで朝日新聞に連載された。つまり作者にとって当面の読者は習慣として朝ごとに新聞を開く人である。

連載の一回目が十二月十二日。冒頭の一行は「東京の日の入りは四時半ごろ、十一月のなかばである……」。つまり作者はこれを現実とほぼ同時に書き進めることを宣言している。登場人物の衣類や暖房器具も時期が冬であることを示している。朝鮮戦争などの話題もそのまま。話の半ばに登場人物が吾妻徳穂と藤間万三哉の舞踊劇「長崎の絵踏」を見に行く場面が出てくるが、これは現実には十二月上旬のことで（公演は七日から十日)、それを読者は翌年の二月中旬に読むことになる。

時代の背景には戦争への恐怖がうっすらとある。この年の十月二十日　連合軍　平壌を占領/十月二十五日　中国人民義勇軍が朝鮮戦線に参戦/十一月三十日　トルーマン米大統領が原爆の使用に言及。そういう時代だったのだ。

本文には四十行ほどごとに一行の空きがあるが、これは連載当時の一日ごとの区切りの名残だろう。

単行本を後になって読むとこの同時感によるリアリティーは失われる。佐藤泰治(たいじ)の手になる挿絵も見られないし、なによりも小説欄を取り巻く社会の話題がない。十二月十七日の紙面には小説のすぐ上に帝銀事件の控訴審の記事がある。見出しは「薄笑いうかべて　平沢、犯行を否認」とある。帝銀事件はこの時から三年ほど前のことだった。また社会面の左側にある連載漫画はアメリカ直輸入の「ブロンディ」だった(これが「サザエさん」に変わるのは翌年の四月だ)。同時期を書くという方針は作家としてこの時代相を引き受けるということでもある。

連載開始の前に作者にはどれだけの準備があったか?

まず、バレエ界が主な舞台であること。これは二、三か月ほど取材して用語なども身に着けた。それにしても昭和二十五年に東京にバレエ教室が六百もあったとは驚く。戦争が終わって五年、人々は文化に飢えていた。ピアノ教室はその何倍あっただろう。戦災で焼けなかったピアノはみんなこの用途に使われたのではなかったか。

そして登場人物。主軸はかつてプリマ・バレリーナだった母と自分もそれを目指す娘。そこに母の昔の（心だけの）恋人、不仲であるらしい夫＝父を配する。連載期間四か月のドラマを動かすのはこの四人である。

母　波子
娘　品子
夫＝父　矢木
（心だけの）恋人　竹原

さらに作者の登場人物表（ドラマティス・ペルソナエ）には、品子の弟の高男、品子の友人でやはりバレエに精進する友子、魂胆のあるマネージャー沼田……などが用意されていただろう。

ここに現代の我々ならば気づき得るジェンダー・ギャップが隠されている。女たちは名で呼ばれるのに男はみな姓なのだ。夫＝父でさえ元男という名はほとんど出てこない。閨房（けいぼう）の場面でも作者は彼を矢木と呼ぶ。竹原の名は最後までわからない。男は社会に出て活躍するから姓で呼び、女は家内というとおり家にあって静かに暮らすから名で呼ぶ。波子が仕事の上で矢木波子なのか実家の姓のままなのかわからない。この日本語の呼称システムは今も残っている。

さて、こうして舞台と役者が揃（そろ）った段階で、プロット（筋＝企（たくら）み）はどこまでできていたか？

小説にはいろいろな書きかたがある。正統派のミステリならば状況と事件とトリックと犯人を用意して最後の場面で探偵が種明かしをするところまでメモを作ってから執筆を始める。

しかしまず書き始めるというやりかたもあって、『舞姫』の場合はこちらではなかったかとぼくは考える。役者に性格と過去を与え、舞台上に配置し、そこで開幕のベルを鳴らす。人物どうしの位置と関係が話を進める。最終的な結末は決めておかない。途中で見知った多くの要素を取り込む。帝劇で踊りがあれば主人公たちに見に行かせる。器物・骨董について川端は詳しかったからその話題も入れる。

作者はいわばチェスの盤面を前にしている。駒は他の駒の動きに応じて一手ずつ進み、局面の譜が作られてゆく。こちら側で駒を動かすのは作者だが、相手方の側にいたのは誰だろう？　たしかに作者は一手ごとに長考し、奇手を編みだそうとしている。では相手は？　それはこの小説の霊かもしれない。

チェスの比喩を出したのはこれがレーモン・ラディゲの『ドルジェル伯の舞踏会』というフランスの心理小説の影響下にあるからだ。心理小説は登場人物の心の動きを一段階ずつ丁寧に冷徹に記述する手法で、ラディゲの作では伯爵とその妻のマオ、フランソワという若い男の三角形の仲がどういう経路を辿って進展するかが一段階ずつ語られる。そしてその動きを文芸評論家はチェスの駒が盤を打つ鋭い響きになぞらえた。

マオとフランソワはお互いの恋心に気づいていない。それを自分に認めさせない。言葉とはいつも不器用なもので、運命はしばしば人の裏をかく。だからあるパーティーの場面でフランソワがさる女性を相手にいかにも楽しそうに話すのを遠くから見たマオは嫉妬をおぼえるが、フランソワが陽気だったのはその直前にマオが自分を愛しているると知ったからだった。そういうことを作者は彼らの心の中に踏み込まず言動だけで書く。それがチェスの駒の音。

日本では堀辰雄が原文で読み、堀口大学の訳が出てからは大岡昇平、三島由紀夫などがこの手法を用いた心理小説を書いている。三島は十代の自分にとって聖書だったと言っているし、大岡は『武蔵野夫人』の巻頭に「ドルジェル伯爵夫人のような心の動きは時代おくれであろうか」という一節を引用して掲げ、道子にマオを重ねている。つまりこの時期、『ドルジェル伯の舞踏会』は作家たちの共有の資産になっていて、川端も意識してかしないでか、用いたのだろう。

女たち。

一九四六年の十一月三日に日本国憲法が公布され翌年の五月三日に施行された。男女同権がこの国を大きく変えた。旧弊な家父長的ふるまいは「封建的」と呼ばれた。ぼくは波子と品子が共に職業を持って主体的に生きているところに戦後の空気を読み取る。彼女らは男に頼らないで済むだけの生活の基盤を持っている。

戦前にも女性を主人公にした小説は多々あった。たとえば、一九二〇年に新聞連載された菊池寛の『真珠夫人』は当時のベストセラーだった。ヒロインの荘田瑠璃子は奔放に男たちと会って妖婦(ようふ)と呼ばれ、それに対して男ならば同じことをしても非難されないと言い返すような自覚ある女性だが、しかし裕福な未亡人であって職業には就いていない。

波子と品子を能動的・積極的に動かすために作者は職業を与えた。女の仕事と言えば(水商売を除けば)教師か事務員、タイピスト、電話交換手くらいしかなかった時代に確固とした社会的地位の場としてバレエ界が選ばれたと言える。

川端康成の主要な作品群の中に『舞姫』を位置づけてみよう——

伊豆の踊子　一九二六年
雪国　一九四七年
千羽鶴　一九四九年
山の音　一九四九年
舞姫　一九五一年　五十一歳
みずうみ　一九五四年

眠れる美女　一九六一年
古都　一九六二年
片腕　一九六四年

二十六歳から六十四歳まで。作風の多様性にこの人の旺盛な創作力を見ることができる。大衆文芸を主務としながらも新しい試みを次々に繰り出し、常に先進的であろうとした。意識の流れという手法を用いた『みずうみ』は前衛的であって、それ故に失敗作とされることもあった。

その中で『舞姫』は手堅い安定した佳作と見ることができる。四か月の執筆の努力がそれに見合う成果を生み出した。

少しだけ内容に触れれば、執筆の途中、最終的に少なくとも品子だけはこの崩壊家庭から救い出すために香山という見えない人物を創出したのではないか。ちょうど船の甲板に落水者のために浮き輪を用意するように。船が沈めば品子は海に入らざるを得ない。泳ぎ着く先の島に香山はいるか。

三年ほど後の一九五三年の一月、川端は朝日新聞に寄せた「小説　その後」というコラムで、『舞姫』は「春にならないうちに打ち切った」と書いている。その後、波子は矢木と別れ、竹原にも会っていない。品子は香山と結ばれて四谷見附(よつやみつけ)のバレエ研究所を経営している、と。

魔界の問題がある。

品子が矢木の部屋に入ると一休の書が掛けてある——

仏界易入　魔界難入

これについて品子と矢木は会話をするが、魔界には感傷がないという矢木の言葉はどこかずれている。「お母さんや品子のような人の、センチメンタリズムを」しりぞけるという解釈はたぶん成り立たない。自分たちに引きつけすぎている。

大徳寺四十七世住持一休宗純が言う「仏界易入　魔界難入」は反語である。禅の僧はしばしば反語を用いる。

本来ならば仏界に入って大悟することこそ難しい。臨済では、「逢佛殺佛　逢祖殺祖逢羅漢殺羅漢　逢父母殺父母」とまで言う。大悟のためには、仏に遭えば仏を殺し、祖師に遭えば祖師を殺し、羅漢に遭えば羅漢を殺し、父母に遭えば父母を殺せ。それらはみな悟りを妨げる煩悩なのだ。今は軽く子煩悩などと言うが、あれは本当に子が悟りの邪魔になるという意味で、だから苅萱道心は妻子を捨てて高野山に入り、後に訪ねてきた息子石童丸をそれと知って退ける。石童丸が弟子になってからも最後まで父であることを明かさない。

一休宗純は破戒の名僧だった。彼自身が反語であるような生涯を送った。それは彼の『狂雲集』を読めばわかる。

禅の反語はうまくいけば頓悟のきっかけとなるのではないか。そういう触媒ではないのか。

川端康成は『舞姫』を書いている途中でこの言葉に出会い、その場では景物として使っただけだったが、『みずうみ』では主題の一つとした。その後の『眠れる美女』や『片腕』などにもこの言葉は影を落としている。しかしそれを論じるのはこの文章の範囲の外である。

最後に第29回事件のこと。

本書八十二ページから始まる第29回の原稿の掲載に朝日新聞の幹部は「こんなエロ

なもの」と言って難色を示した。担当記者だった澤野久雄はしかたなく鎌倉(かまくら)の川端のところに行って書き直して頂けないかと問うた。川端は三十三分間ずっと黙ったままで、やがて「やさしいことですよ」と言った(人を前にして何も言わないのは普段からの川端の癖である)。澤野は安心して帰った。が、川端は何日たっても代わりの原稿を渡さない。日刊紙の連載だから備蓄は一日に一本の割で減ってゆく。正月が明けて本当にぎりぎりになったところで原稿は渡された。

　ではボツになった方はどんな内容だったのか。少し長いが、澤野が残した『川端康成点描』にあるものを引用する――

> 　矢木は旅から帰った夜など、妻を二度抱くことがある。
> 波子の心の抵抗を感づいて、それを征服するためかもしれない。二度重なると、波子は抵抗を失ってしまう。
> 「ああ、いやなことだわ。いやだわ。」
> と、はじめ波子は声なく言って、このごろでは自分をおさえるのだが、しかしそれがすむと、もう一度待つようなものが、なんとなく体に残るのだった。

矢木はその呼吸を、心得てしまったかのようだ。

二度目にはほんとうに抱かれて、波子は気を失い、閉じた目のうちに、金の輪がくるめき、赤い色が燃えるのだった。

「ねえ、金の輪が、いくつも見えるのよ。目のなかが、ぱっと真赤な色になったわ。これでいいの？　私、気ちがいじゃないの？」

昔、波子は夫の胸に顔をすり寄せて、夫の長い髪をつかんで、聞いたことがあった。

「死んじゃうのかと思ったわ。ほんとうにこれでいいの？」

女はみなこうなのだろうか。自分が異常ではないのか。

「ねえ、あなたはどうなの？　男の人はどうなの？　私と同じなの？」

波子は取りすがるようにたずねた。

「ねえ、教えて……。」

矢木は落ちついて、男にもよろこびがあると言った。

「そう？　それならいいけれど……。うれしいわ。」

「しかし、男はだめだね。女とは、体のつくりがちがう。」

「そうなの……？　悪いわ。すみません。」

そのような問答を、今思い出すと、波子は若い自分がいじらしくて、涙がこぼれる。

「可愛いかったのね。」

今も金の輪が見え、赤い色の燃えることに変りはない。

しかし、いつもではない。また、素直にではない。

夫は手をつくして戦って、妻のひそかな抵抗を、やぶらねばならない。

そうしなければ、ひややかに妻は、矢木が波子の金をつかっているように、波子の体をつかっているのだと、夫をながめているだけだ。

そうなってしまった波子は、たとひ金の輪と赤い色があっても、すぐ後に、悔恨と屈辱とが胸をかむ。うっとりとしたつかれは、むなしいさびしさにひきこまれる。

「これが最後だわ。絶対に……。」

波子は抱かれる時にも、抱かれた後でも、自分に言い聞かせる。

しかし、二十幾年ものあいだ、波子は夫を、あらわに拒んだことが、一度もなかったようだ。無論、自分の方から、あらわにもとめたことは、一度だってない。

（以下略）


これがどうして朝日新聞の上層部に掲載不可と思わせたのだろうか。

性交の具体的な描写はないし身体（からだ）の部分についての記述もない。その点ではこれはいわゆる春本ではない。

しかし、当時の社会の性的禁忌を犯している。女にも性欲があるということを肯定的に書いているのだ。しかも金の輪と赤い色という具体的なオーガズムの描写を通じて。

私的な場ではもちろんみんな知っていたし、互いにいちゃいちゃと楽しく話したことだろうが、しかし公的な言語空間でそれが話題にされることはなかった。江戸時代の日本は性に関しておおらかだったが、明治以降は厳しい取り締まりが行われるようになった。同時代であったビクトリア朝のイギリスに倣ったのかもしれない。だからぼくたちはごく最近まで浮世絵の春画をみることができなかった。

女にも性欲があることを認めなかったのは日本だけではない。D・H・ロレンスの『チャタレイ夫人の恋人』の出版が難しかったのは具体的な描写だけでなく、主人公のコニーが性に喜びを見いだし自らそれを求めたからである。イギリスで裁判を経て人々がこれを読めるようになったのが一九六〇年。日本では一九七三年だった。

春本ならば黙認するが、文学として堂々と書こうとすることは許されない。そういう規範があった。性の喜びは人格の自立の証しである。男たちは女の自立を恐れた。

以上、七十数年の歳月を経た『舞姫』を、時間差による遠近法の立体的な視野で読んでいただきたい。

（令和五年四月、作家・詩人）

この作品は昭和二十六年七月朝日新聞社より刊行された。

川端康成著
**雪国**
温泉町の女、駒子の肌は白くなめらかだった。彼女に再び会うため島村が汽車に乗ると……。日本的な「美」を結晶化させた世界的名作。

川端康成著
**掌の小説**（てのひら）
自伝的作品である「骨拾い」「日向」、「伊豆の踊子」の原形をなす「指環」等、著者の文学的資質に根ざした豊穣なる掌編小説122編。

川端康成著
**山の音**
62歳、老いらくの恋。だがその相手は、息子の嫁だった——。変わりゆく家族の姿を描き、戦後日本文学の最高峰と評された傑作長編。

川端康成著
**名人**
不敗の名人・本因坊秀哉は、「引退碁」として若手の大竹七段から挑戦を受ける。半年に及ぶ緊迫した闘いに罠を仕掛けたのは……。

川端康成著
**みずうみ**
教師の銀平は、教え子の久子と密かに愛し合うようになるが……。「日本小説の最も注目すべき見事な達成」と評された衝撃的問題作。

池澤夏樹著
**マシアス・ギリの失脚**
谷崎潤一郎賞受賞
のどかな南洋の島国の独裁者を、島人たちの噂でも巫女の霊力でもない不思議な力が包み込む。物語に浸る楽しみに満ちた傑作長編。

舞(まい)姫(ひめ)

新潮文庫　か - 1 - 6

昭和二十九年十一月十五日　発　行
令和　三　年　三　月　五　日　八十三刷
令和　五　年　七　月三十日　新版発行
令和　六　年十二月　五　日　二　刷

著　者　川(かわ)端(ばた)康(やす)成(なり)
発行者　佐藤隆信
発行所　株式会社　新潮社
郵便番号　一六二―八七一一
東京都新宿区矢来町七一
電話　編集部(〇三)三二六六―五四四〇
　　　読者係(〇三)三二六六―五一一一
https://www.shinchosha.co.jp

価格はカバーに表示してあります。

乱丁・落丁本は、ご面倒ですが小社読者係宛ご送付ください。送料小社負担にてお取替えいたします。

印刷・錦明印刷株式会社　製本・錦明印刷株式会社


ISBN978-4-10-100248-4　C0193